WER DER KATZ
DIE SCHELL ANHÄNGT

Ein Westerwaldkrimi

AF200410

Dies ist ein Roman. Handlung und Personen sind frei erfunden.

Von Manfred Röder sind bisher erschienen:

Abrechnung – Abgefischt
Schneckentänzer
Offene Rechnung
Obolus
Markolwes

Manfred Röder wurde 1951 in Hachenburg (Westerwald) geboren. Mit Frau und Kater lebt er heute noch dort.
Er war lange bei einer Kommunalverwaltung beschäftigt. Zuletzt leitete er die Ordnungs- und Sozialabteilung.
Manfred Röder sieht sich als Geschichtenerzähler. Zunächst schrieb er Songtexte auf Wäller Platt. Seit 2011 veröffentlicht er die Westerwaldkrimis um das Ermittlerduo Ulla Stein und Christoph Leyendecker.

Bibliografische Information der Deutschen Nationalbibliothek: Die Deutsche Nationalbibliothek ver-
zeichnet diese Publikation in der Deutschen Natio-
nalbibliografie; detaillierte bibliografische Dateien
sind im Internet über http://dnb.dnb.de abrufbar.

Herstellung und Verlag:
BoD – Books on Demand, Norderstedt

ISBN 978-3-746-04341-8

MANFRED RÖDER

WER DER KATZ DIE SCHELL ANHÄNGT

Ein Westerwaldkrimi

Prolog

Sie hatte es immer gewusst. Irgendwann bekam sie ihre Chance. Aber sie hatte nicht erwartet, dass es so lange dauern würde. Doch jetzt lag die Schrotflinte in ihrer Hand.

Der Mann wollte nicht wahrhaben, dass sie wirklich abdrücken könnte. Er sah sie nur abfällig an und grinste überlegen. Das Grinsen verschwand auch nicht aus seinem Gesicht, als sie den Hahn spannte. Es verwandelte sich erst in fassungsloses Erstaunen, als sie die Waffe abfeuerte. Der Rückstoß hätte sie fast umgehauen.

Die Hexe, die sie gemeinsam mit ihrem Mann so lange gequält hatte, kam aus dem Haus gerannt, als sie den Schuss hörte. Sie schwang drohend ein Messer, das sie sonst zum Schlachten der Lämmer benutzte.

Die junge Frau zögert keinen Augenblick. Sie hob völlig emotionslos die Schrotflinte an die Schulter und drückte ab.

Die Ladung Schrot verfehlte ihre Wirkung nicht. Ihre Peinigerin lag reglos am Boden.

Der riesige Hund, der ihre beiden bisherigen Fluchtversuche praktisch im Keim erstickt hatte, sprang kläffend und tobend gegen den Maschendrahtzaun des Pferchs, in dem er eingesperrt war.

Sie griff in die Tasche des toten Mannes, holte zwei weitere Schrotpatronen hervor und lud die

Flinte neu. Danach richtete sie die Waffe auf den Hund. Aber dann zögerte sie. Sie hatte sich zwar immer vor dem Tier gefürchtet, aber jetzt ging davon keine Gefahr mehr aus. Was konnte der Hund schon dafür, was ihr alles widerfahren war? Er war doch lediglich ein willenloses Werkzeug seines Herrn gewesen.

Sie senkte die Waffe. Dann ging sie ins Haus. Sie hatte keine Eile. Es war zwar möglich, dass man drunten im Tal die Schüsse gehört hatte, aber man würde dem keine Bedeutung beimessen, denn hier oben wurde öfter geschossen. Sie durchsuchte die Schränke und fand etwas Geld. Es war nicht viel und konnte sie in keiner Weise für das Erlittene entschädigen. Auch den Ausweis, den man ihr bereits bei der Ankunft abgenommen hatte, konnte sie wieder in Besitz nehmen. In einer Tasche verstaute sie eine Flasche Wasser und ein paar Lebensmittel. Danach ging sie wieder nach draußen.

Sie musste hier weg. Aber wie und wohin? Darüber hatte sie sich vorher keine Gedanken gemacht. Sie wusste ja nicht einmal genau, wo sie sich tatsächlich befand. Man hatte ihr nie erlaubt, sich weiter von dem Haus zu entfernen. Die größte Entfernung waren etwa tausend Meter zu den Meilern gewesen, wo er die Holzkohle erzeugte. In Säcke gefüllt war die seine Haupteinnahmequelle. Den Rest seiner Einkünfte machte wohl die illegale Schnapsbrennerei aus. Die kleine Landwirtschaft fiel da weniger ins

Gewicht, denn landwirtschaftliche Geräte gab es kaum, und jedes Korn oder jede Kartoffel musste mühsam dem Boden abgerungen werden.

Unten im Tal standen ein paar Häuser, die man von hier oben sehen konnte. Aber man hatte sie nie dorthin gelassen. Es war Nacht gewesen, als sie damals angekommen war, und man hatte sie sofort von dem Minibus zu dem geländegängigen Kleinlaster gebracht, mit dem er sie abgeholt hatte. Der Laster stand auch jetzt im Hof. Aber sie hatte nie gelernt, ein Auto zu fahren. Sie musste wohl zu Fuß diesen Ort verlassen.

Wenn sie jetzt in dem kleinen Dorf dort unten auftauchte, brachte man sie früher oder später mit dem Geschehen hier in Verbindung. Sie durfte sich nicht in den Orten der näheren Umgebung sehen lassen. Ansonsten glaubte sie, dass man keine Verbindung zu ihr herstellen konnte, da niemand von ihr bisher Notiz genommen hatte. Für die Bewohner dieser Gegend existierte sie praktisch nicht. Sie musste lediglich ihre Spuren beseitigen.

In einem kleinen Schuppen, der an das Hauptgebäude angebaut war, befand sich allerlei Krimskrams. Hier stand auch ein Kanister, mit dem er seine Motorsägen nachfüllte. Den holte sie hervor und übergoss zunächst die beiden Leichen mit dem Inhalt und legte dann eine Spur der Flüssigkeit ins Haus. Mit einem Feuerzeug, das sie ebenfalls aus dem Haus mitgebracht hatte, entzündete sie ein Blatt Papier und warf es in das

Benzin. Sie sah noch kurz zu, wie die Flammen immer mehr Nahrung fanden. Zweifellos würde man den Schein des Feuers weithin sehen. Aber es würde einige Zeit dauern, bis man in diesem unwegsamen Gelände bis hierher kam. Dann würde sie längst nicht mehr hier sein.

Sie machte sich auf den Weg. Es war zwar Nacht. Aber das fahle Licht des Mondes bot ausreichend Sicht. Sie folgte dem kleinen Bach, ohne ein festes Ziel zu haben. Nur fort von hier.

Kapitel 1

Zu beiden Seiten der Bühne vor der Schlosskirche hingen gelbweiße Fahnen. Ein Hinweis auf das morgige Fronleichnamsfest. Ansonsten hatten die dargebotenen Musikstücke recht wenig mit diesem Fest der katholischen Kirche zu tun.

Normalerweise lief die Veranstaltungsreihe auf dem Alten Markt der kleinen Westerwaldstadt Hachenburg unter dem Motto *Treffpunkt Alter Markt*. Nur jeweils für diesen einen Tag im Jahr hatte man sich mit *Treffpunkt Heimat* ein anderes Motto ausgedacht. Das mochte wohl daran liegen, dass es sich bei diesem Tag um einen Mittwoch handelte, während ansonsten die Konzerte immer donnerstags stattfanden. Gemeinsam hatten beide Veranstaltungsreihen, dass sie für die Besucher kostenlos waren. Der Alte Markt, die sogenannte gute Stube von Hachenburg, bot mit dem Schloss, den beiden Kirchen und den zahlreichen anderen historischen Gebäuden einen hervorragenden Rahmen für jede Art Veranstaltung.

Noch nie hatte Leyendecker bei einem dieser Konzerte einen solchen Andrang erlebt. Lediglich die Proklamation der jährlichen Kirmes zog noch mehr Menschen auf den Markt. Der Besucherandrang mochte daran liegen, dass die heimische Coverband, die da aufspielte, eine größere Anzahl ihrer Anhänger mobilisiert hatte. Aber der Hauptgrund für diesen Menschenauflauf war wohl das herrliche Wetter. Das Thermometer hatte an diesem Tag an die dreißig Grad erreicht. Ein Wert, der hier im Westerwald nicht gerade alltäglich war. Viele der Besucher hatten wohl die angenehmen Temperaturen genutzt, um wieder einmal einen Abend im Freien zu verbringen. Und da bot es sich an, dies mit einem Konzertbesuch zu verbinden. Inzwischen hatte sich die drückende Hitze etwas gelegt und einer angenehmen abendlichen Kühle Platz gemacht. Ulla hatte sich bereits eine Weste übergezogen.

Christoph Leyendecker war der Leiter der örtlichen Polizeidienststelle. Ulla Stein war für die Kriminalfälle zuständig, wobei die größeren Verbrechen eigentlich in die Zuständigkeit der Kollegen aus Koblenz fielen. Aber das nahmen sie beide nicht so genau. Gemeinsam waren sie damals vom Landeskriminalamt in das beschauliche Hachenburg, den Geburtsort Leyendeckers, gewechselt und hatten seitdem doch einige spektakuläre Fälle aufgeklärt.

Leyendecker hatte bereits vor Tagen zwei Plätze vor der Pizzeria reserviert, denn ansonsten hatte man bei dieser Art Veranstaltung kaum eine Chance, einen Sitzplatz vor einer der verschiedenen Kneipen zu ergattern.

Die beiden genossen den Abend. Den hatten sie sich auch redlich nach der ganzen Aufregung der letzten Wochen verdient. Inzwischen war wieder etwas Ruhe in Hachenburg eingekehrt und Leyendecker war froh, dass alles wieder seinen gewohnten Gang ging.

Hier unten in der rechten Ecke des Marktes war die Musik noch dröhnend laut. Die Lautstärke vor der Bühne musste fast unerträglich sein. Aber das gehörte nun einmal dazu, und Leyendecker gefiel das. Das Repertoire der Band reichte von Blues über Rock bis zu Country, und diese Art Musik musste halt laut gehört werden.

Leyendecker aß die letzten Bissen seiner Pizza Hawaii und bestellte sich noch ein Pils. Heute Abend hatten weder Ulla noch er die Absicht, Auto zu fahren. Der Fußweg war ja nicht allzu beschwerlich, denn es ging immer bergab. Sie wohnten im Ortsteil Altstadt, von den Hachenburgern seit jeher despektierlich als Jammertal bezeichnet.

Ulla schenkte sich Gianti aus der kleinen Karaffe nach, als sie plötzlich den Eindruck hatte, dass in die Zuschauermenge vor der Bühne eine Bewegung entstanden war, die ihr unnatürlich vorkam. „Da scheint etwas passiert zu sein."

Leyendecker sah genauer hin. Wie es schien, hatte sich die Aufmerksamkeit einiger Zuschauer von der Bühne abgewandt und richtete sich auf etwas, was in ihrer Mitte geschehen war. Es hatte sich so eine Art Kreis gebildet, und die Augen der Besucher sahen auf dessen Mittelpunkt. Was da vor sich ging, war von hier unten nur schwer zu erkennen.

Der Frontmann der Band gab ein Zeichen, und die Musik ebbte ab. Dann eilte er an den vorderen Rand der Bühne und sah angestrengt hinab. Kurz darauf eilte er zurück zum Mikrofon. „Ist hier ein Arzt im Publikum? Er wird gebeten, hier vor die Bühne zu kommen."

„Anscheinend ist da etwas passiert. Sollen wir nachsehen, was da los ist?", erkundigte sich Ulla.

Leyendecker schüttelte den Kopf. „Wir müssen uns nicht überall einmischen. Wir wären da nur im Weg. Ich nehme an, jemand hat einen Schwächeanfall erlitten. Als er nach einem Arzt fragte, hat ein Mann die Hand gehoben. Der wird das Notwendige schon veranlassen."

Es dauerte etwa fünf Minuten, da hörten sie in der Ferne schon das Signal des Rettungswagens.

Ulla meldete sich, als ihr Handy vibrierte. Sie hörte dem Anrufer aufmerksam zu. „Der Chef und ich sind vor Ort. Wir kümmern uns um alles", erklärte sie dann.

„Anscheinend ist das doch kein normaler Notfall. Fast vor unseren Augen scheint ein Verbrechen geschehen zu sein ", sagte sie zu Leyendecker. „Wir müssen uns das ansehen."

Leyendecker winkte dem Kellner zu. „Wir zahlen später!", rief er. Die beiden waren hier recht gut bekannt, sodass das kein Problem darstellte.

Sie hatten etwas Mühe, sich durch das Spalier der Konzertbesucher zu drängeln. Schließlich erreichten sie ihr Ziel dann doch. Auf dem Boden unweit der Treppenstufen, die auf die Bühne führten, lag eine etwa vierzigjährige blonde Frau in einer Blutlache. Sie trug eine blaue Caprihose, eine weiße Bluse und hochhackige Sandaletten. Eine weiße Handtasche hielt sie noch in der Hand. Man konnte sie durchaus als schön bezeichnen.

Leyendecker hatte die Frau vorher noch nie gesehen. Ansonsten hätte er sich erinnert. Auf den ersten Blick war keine Verletzung zu erkennen.

Der Arzt, der bis dahin Erste Hilfe geleistet hatte, erhob sich und schüttelte den Kopf. „Da ist nichts mehr zu machen. Ich habe sie herumgedreht, damit ich sie wiederbeleben konnte", erklärte er, als er Ulla und Leyendecker erkannte. „Eine Verletzung am Rücken. So wie es aussieht ein Einstich. Höchstwahrscheinlich wurde das Herz getroffen. Sie war schon tot, als ich hier eintraf."

Leyendecker griff zum Handy und rief bei der Dienststelle an. „Mobilisiert alle verfügbaren Streifenwagen, und sperrt so weit wie möglich alle Zugänge zum Alten Markt!", befahl er.

„Ich weiß, dass wir den Markt nicht vollständig absperren können, dafür gibt es zu viele Ausgänge. Und vermutlich ist der Täter ohnehin schon abgehauen. Er wird wohl nicht seelenruhig auf die Polizei warten", erläuterte er Ulla. „Aber wir müssen so viele Besucher wie möglich befragen und von ihnen die Personalien aufnehmen."

Der Notarztwagen kam mit laufender Sirene über den Schlossberg und hielt vor dem *Weißen Ross.*

„Sie war nicht zu retten, Herr Kollege", erklärte der Mann, der Erste Hilfe geleistet hatte, als es dem Notarzt gelungen war, sich bis zu ihnen durchzudrängen. Die folgende kurze Untersuchung bestätigt diese Aussage.

Leyendecker bat, das Alarmsignal auszuschalten. Dann stieg er auf die Bühne und ließ sich ein Mikrofon aushändigen. „Guten Abend, mein Name ist Leyendecker", sprach er hinein. „Für diejenigen, die mich nicht kennen: Ich bin der Leiter der örtlichen Polizeiinspektion. Die meisten von Ihnen werden ja mitbekommen haben, dass hier ein Verbrechen geschehen ist. Ich bitte Sie, den Alten Markt vorläufig nicht zu verlassen und sich bei meinen Kollegen, die bald an den Ausgängen erscheinen werden, registrieren zu lassen. Diejenigen, die glauben, irgendetwas beobachtet zu haben, bitte ich, sich im *Hotel zur Krone* zu melden. Alle die in unmittelbarer Nähe des Geschehens gestanden haben, kommen bitte ebenfalls zum *Hotel zur Krone.* Ich danke Ihnen für Ihre Hilfe und für Ihre Geduld."

Sie hörten ein Handy klingeln. „Das kommt aus der Tasche der Toten", stellte Ulla fest. „Soll ich dran gehen?"

Leyendecker nickte.

Ulla hatte diesmal keine Gummihandschuhe dabei. Schließlich war ja nicht zu erwarten gewesen, dass sie noch zu einem Einsatz gerufen wurden. Die Kollegen von der Spurensicherung würden zwar wieder meutern, aber darauf konnte sie jetzt keine Rücksicht nehmen. Sie nahm das I-Phone der neusten Generation aus der Tasche. „Hallo", meldete sie sich.

„Karin, bist du das?", hörte sie eine männliche Stimme. „Sie sind nicht Karin. Was machen Sie am Handy meiner Frau?"

„Hier ist die Polizei", erwiderte Ulla. „Mit wem spreche ich bitte?"

„Mein Name ist Bernhard Westermann. Warum sind Sie und nicht meine Frau am Telefon? Ist ihr irgendetwas geschehen?"

„Wir müssen mit Ihnen reden, Herr Westermann. Von wo rufen Sie an?"

„Wenn Sie bei meiner Frau sind, bin ich nicht weit von Ihnen entfernt. Wir wohnen im ersten Stock des Gebäudes eingangs der Friedrichstraße. Meine Frau befindet sich auf dem Alten Markt. Mir ist das einfach zu laut. Ich höre noch genug durch die verschlossenen Fenster.

Als ich die Durchsage Ihre Kollegen hörte, habe ich mir Sorgen gemacht. Ich kann von hier aus auf den Alten Markt sehen. Ich sehe allerdings nicht, was am Boden vor sich geht. Da ist mir die Sicht durch die Mauer versperrt. Wenn Sie die Hand heben, werde ich erkennen, wo Sie sind."

Ulla folgte der Aufforderung und blickte zu dem Haus. Sie sah einen Mann im ersten Stock hinter dem Geländer am Fenster stehen.

„Ich sehe Sie. Ich komme sofort zu Ihnen", kündigte Westermann an.

„Bleiben Sie bitte, wo Sie sind. Ich komme zu Ihnen", bat Ulla. „Es kann ein paar Minuten dauern."

Ulla unterrichtete Leyendecker von dem Gespräch.

„Geh zu dem Mann", forderte der sie auf. „Ich kümmere mich hier um alles andere."

Inzwischen waren drei Streifenwagen eingetroffen. Einer hielt am Schlossberg, einer zu Beginn der Friedrichstraße und der andere in der Wilhelmstraße. Man hatte die Poller eingangs der Fußgängerzone herabgelassen. Leyendecker erkannte Karl Berger und winkte ihn heran.

Die Konzertbesucher machten dem Hünen in Uniform ehrfürchtig Platz.

„Errichtet hier um die Frau eine Absperrung mit Sichtschutz. Ein Kollege soll hier Wache halten, bis die Spurensicherung und der Rechtsmediziner aufgetaucht sind. Ich gehe rüber in die *Krone*, um diejenigen zu befragen, die irgendetwas gesehen haben könnten. Von den anderen haltet bitte die Personalien fest, bevor sie den Markt verlassen. Ich weiß, dass der Markt nicht wirklich abgesperrt ist, und wenn man will, kann man jederzeit durch eine der Gassen verschwinden. Aber das können wir im Moment nicht verhindern. Wenn der Mörder verschwinden wollte, ist das ohnehin längst geschehen. Wenn der Kollege Schneider auftaucht, ich hoffe doch, dass man ihn informiert hat, er soll mir in der *Krone* helfen."

Bevor er ging, befragte er noch den Frontmann der Band, von dessen Position das Geschehen wohl am besten zu beobachten war. Dieser erwies sich jedoch als schlechter Zeuge. Er erklärte, dass seine Aufmerksamkeit eher den Songs gelte. Er erkenne zwar einzelne bekannte Gesichter im Publikum und bekomme mit, wie das Konzert ankomme, aber was dort unten vorging, nehme er nicht wirklich war. Auch die anderen Mitglieder der Band gaben an, nichts mitbekommen zu haben. Als sie etwas wahrgenommen hätten, habe die Frau bereits am Boden gelegen.

Vor dem Eingang des Hotels hatten sich bereits etwa zehn Personen versammelt, die auf Leyendecker zu warten schienen. Er bat um etwas Geduld und ging in die Gaststube.

Die Wirtin kam ihm entgegen. „Ich habe bereits vernommen, dass Sie unser Haus requiriert haben."

„Tut mir leid. Das war eine Spontanentscheidung. Können die Leute in einem Teil der Gaststube warten? Ich habe auch nichts dagegen, wenn Sie denen ein Bier ausschenken. Ist das Femestübchen frei? Und hätten Sie etwas Papier und einen Kuli für mich, damit ich mir Notizen machen kann?"

„Das war ein Scherz von mir. Hier drinnen ist nicht soviel Betrieb. Am meisten verdienen wir an solchen Tagen ohnehin mit dem Ausschank draußen. Die Leute können also hier warten. Das Femestübchen ist noch frei. Gehen Sie schon mal nach oben. Ich bringe Ihnen einen Block und einen Kugelschreiber. Möchten Sie etwas trinken?"

Leyendecker lehnte dankend ab. Es hätte keinen guten Eindruck gemacht, wenn er die Leute beim Bier befragt hätte.

Er bat die potenziellen Zeugen, in der Gaststube zu warten. Er würde sie einzeln aufrufen. Dann ging er nach oben.

Das Femestübchen war ein Erkerzimmer im ersten Stock, von wo man einen guten Blick über den gesamten Markt hatte. Schade, dass niemand hier gewesen war. Derjenige wäre möglicherweise ein guter Zeuge gewesen.

Bevor er wieder nach unten ging, erledigte er einige notwendige Telefonate. Gerichtsmedizin, Spurensicherung und die Koblenzer Kollegen mussten ja informiert werden.

Als Ulla klingelte, ertönte das schnarrende Geräusch des Türöffners. Im ersten Stock erwartete sie ein etwa sechzigjähriger Mann mit grau melierten Haaren. Er trug legere, aber elegante Freizeitkleidung. Trotz der nur zu verständlichen

18

Aufregung machte er einen durchaus beherrschten Eindruck.

Ulla stellte sich vor.

„Mein Name ist Bernhard Westermann", antwortete er. „Kommen Sie doch bitte herein." Er ging voran und führte sie in ein etwa zwölf Quadratmeter großes Zimmer, aus dessen Fenster man auf den Alten Markt blicken konnte. Ulla konnte sehen, dass die uniformierten Kollegen bereits mit der Erfassung der Besucher begonnen hatten. Auf einer Anrichte sah sie ein Foto, das Westermann mit einer Frau zeigte. Ulla erkannte, dass es sich um die Tote handelte.

„Nehmen Sie doch bitte Platz", bat er. „Kann ich Ihnen etwas anbieten?"

„Danke nein. Machen Sie sich keine Umstände", erwiderte Ulla und nahm an einem runden Tisch mit vier Stühlen Platz.

„Was ist nun mit Karin? Ist ihr irgendwas geschehen?"

Ulla zögerte einen Moment. Es war ihr nach wie vor unangenehm, den Angehörigen die Nachricht vom Tod einer nahestehenden Person mitzuteilen. Aber es gehörte nun einmal auch zu ihren Aufgaben. „Ich fürchte, ich habe schlechte Nachrichten für Sie. Ihre Frau ist einem Verbrechen zum Opfer gefallen. Sie wurde erstochen."

Westermann stockte sichtbar der Atem. Aber nach einem kurzen Augenblick hatte er die Fassung wieder gewonnen. „Ich hatte schon so etwas befürchtet, als Sie am Telefon meiner Frau waren und der Notarzt unverrichteter Dinge wieder davon gefahren ist. Was ist denn um Gottes Willen passiert?"

„Das wissen wir auch noch nicht. Sie wurde in den Rücken gestochen. Die genaueren Umstände sind unklar."

„Da waren doch Hunderte bei der Veranstaltung. Und da hat niemand etwas bemerkt? Das kann doch nicht sein."

„Wir sind ja gerade dabei, eventuelle Zeugen zu ermitteln. Haben Sie vielleicht eine Ahnung über mögliche Hintergründe?"

„Ich habe keine Ahnung. Wir sind doch erst seit wenigen Wochen hierher gezogen. Wir kennen doch kaum jemanden hier. Wer sollte ihr denn so etwas antun?"

Ulla fragte sich, ob es Gründe für den Umzug gegeben hatte und ob die vielleicht mit dem Tod der jungen Frau zusammenhängen konnten. „Die Ursache des Verbrechens muss ja nicht hier in Hachenburg liegen. Darf ich Sie fragen, warum Sie erst kürzlich nach Hachenburg gezogen sind? Gab es einen besonderen Grund, und wo haben Sie vorher gewohnt?"

„Ich war früher Leiter des Jugendamtes Essen. Karin war meine zweite Frau. Sie war ebenfalls dort beschäftigt. Mein Haus in Essen wurde bei der Scheidung meiner ersten Frau zugesprochen. Wir wohnten da in einem Haus mit sehr vielen Mietparteien. Es war dort sehr laut. Als ich nun pensioniert wurde, wollten wir so eine Art

Schlussstrich ziehen. Andere gehen in den Süden. Mir ist es ehrlich gesagt im Sommer dort zu heiß. Wir waren im letzten Jahr schon einmal ein paar Tage hier in Ihrer Stadt, und es hat uns gefallen. Als dann im Internet diese Wohnung angeboten wurde, haben wir nicht lange gezögert und kurz entschlossen zugeschlagen. Wer hätte denn gedacht, dass man sie kurz darauf umbringen würde."

„Mir scheint, dass Ihre Frau nicht zufällig zum Opfer wurde. Es war mit Sicherheit kein Amokläufer, der wahllos Menschen niedersticht. Ihre Frau wurde gezielt ausgewählt, zumindest sieht es im Moment so aus. Es muss also Gründe geben. Sie haben da gar keine Vorstellung? Auch keinen noch so vagen Verdacht?"

Westermann breitete hilflos die Arme aus. „Ich habe wirklich keine Ahnung. Meine Frau hat niemandem etwas getan. Es gibt keinen Grund, ihr so etwas anzutun."

„Ich nehme nicht an, dass irgendjemand bestätigen kann, dass Sie die ganze Zeit hier waren?"

„Ich verstehe", sagte Westermann. „Sie wollen ein Alibi von mir. Das ist nur allzu verständlich. Aber wer sollte das bestätigen können? Ich war die ganze Zeit allein. Aber halt, warten Sie, ich habe telefoniert. Das war genau zu der Zeit, als die Musik abbrach und ich die Durchsage gehört habe, dass man einen Arzt sucht. Da habe ich dann das Gespräch abgebrochen."

„Haben Sie über Festnetz telefoniert, oder mit dem Handy?"

„Ich telefoniere fast ausschließlich über das Festnetz. Das Handy nutze ich meist nur für irgendwelche Kurzmitteilungen."

„Darf ich fragen, mit wem Sie telefoniert haben?"

„Das war der örtliche Jagdpächter. Der wird das bestätigen können. Der hat sicher mitbekommen, dass die Musik abbrach und nach einem Arzt verlangt wurde. Ich habe mit ihm über einen Begehungsschein, heute sagt man wohl Jagderlaubnisschein, gesprochen."

Er ist Jäger, ging es Ulla durch den Kopf, da hat er sicher auch ein brauchbares Messer. Aber ein Messer hatte ja wohl jeder zur Verfügung. Wenn die Frau erschossen worden wäre, hätte man wohl Westermanns Waffen untersuchen müssen.

„Wenn Ihnen sonst nichts mehr einfällt, beenden wir das Gespräch für heute. Wir werden sicher noch öfter miteinander sprechen müssen. Ich lasse Ihnen meine Karte da. Zögern Sie nicht, mich anzurufen."

„Was geschieht jetzt mit meiner Frau?"

„Man wird eine Obduktion machen, um die genaue Todesursache festzustellen. Sie erhalten Nachricht, wann Sie sie bestatten können."

Als Ulla nach draußen kam, stellte sie verwundert fest, dass sich der Markt schon recht geleert hatte. Lediglich an den Ausgabestellen für Getränke waren noch dichte Menschentrauben. Vermutlich wurde da und in den umliegenden Gaststätten intensiv über des Geschehene diskutiert. Ohnehin würde morgen die ganze Stadt wissen, was hier vorgefallen war. „Das ging aber zügig. Wie habt ihr das denn so schnell hingekriegt?", fragte sie einen der unformierten Kollegen.

„Wir haben uns nicht lange mit der Registrierung aufgehalten", erhielt sie zur Antwort. „Wir haben die Besucher zunächst gefragt, ob sie etwas gesehen hätten. Wenn sie das verneinten, haben wir ihnen eingeschärft, sich unbedingt zu melden, wenn ihnen noch etwas einfällt und ihre Ausweise fotografiert. Das ging alles recht zügig ab.

Zwei hatten ihre Geldbörse verloren, aber die kannten wir persönlich und haben die Namen aufgeschrieben."

„Da hattet ihr eine gute Idee, die den gewünschten Zweck erfüllte und die Bürger nicht allzu sehr verärgerte", fand Ulla.

Leyendecker ging wieder nach unten in die Gaststube. Inzwischen hatten sich zwölf Personen eingefunden. Leyendecker bat, dass sie bitte nacheinander zu ihm ins Femestübchen im ersten Stock kommen sollten.

Keiner der Zeugen konnte einen konkreten Täter benennen. Leyendecker konnte sich allerdings einen recht guten Eindruck vom Ablauf des Geschehens machen.

Einige der Zeugen erinnerten sich, dass es so eine Art Gedränge gegeben hatte. Da aber alle in Richtung Bühne fixiert waren, hatte niemand weiter darauf geachtet, sodass auch keine konkrete Person benannt werden konnte. Am Ende dieses Gedränges habe die junge Frau leblos auf dem Bauch am Boden gelegen, und die weiße Bluse habe sich rot verfärbt. Niemand, auch nicht diejenigen, die unmittelbar hinter ihr gestanden waren, hatten wirklich gesehen, wie sie zusammengebrochen war. Einige glaubten zwar, dass sich ein Mann von der Stelle entfernt habe, aber niemand war sich da sicher, und keiner konnte eine Beschreibung abgeben, die einigermaßen brauchbar war.

Ein Zeuge fand sich jedoch ein, der für die weiteren Ermittlungen durchaus hilfreich sein konnte. Genauer gesagt war es eher das Ergebnis seiner Arbeit. Dieser Zeuge war der örtliche Fotograf, der bei Events dieser Art immer Aufnahmen machte. Im Rahmen seiner Arbeit war es ihm auch gestattet, die Bühne zu betreten. Einige seiner Fotos zeigten die Musiker im Vorder- und die Zuschauer im Hintergrund. Er zeigte Leyendecker diese Fotos mit der Kamera. Mit etwas Fantasie konnte man auch in diesem kleinen Format Karin Westermann erkennen.

Leider gab es keine Fotos, die nach der Tat aus dieser Perspektive geschossen wurden. Aber er erklärte, dass er die Bühne nur wenige Minuten vor der Tat verlassen hätte.

Leyendecker dankte dem Mann, als der sich ohne zu zögern bereit erklärte, mit dem inzwischen eingetroffenen Anwärter Schneider zur Dienststelle zu fahren, wo dieser die Bilder von der Speicherkarte in einen Computer der Polizei übernehmen konnte.

Als er den letzten Zeugen vernommen hatte, ging Leyendecker wieder nach unten. Er teilte der Wirtin mit, dass die *Requirierung* beendet sei, und bedankte sich für ihre Unterstützung, da spürte er Bergers Pranke auf seiner Schulter.

„Komm, trink ein Bier mit mir", sagte Karlchen.

Leyendecker war erstaunt, dass Berger bereits hier drinnen war. Eigentlich hätte er den Vorschlag des Streifenpolizisten gerne angenommen. Aber was sollten denn die Leute denken, wenn der Leiter der örtlichen Polizei kurz nach einem Mord mit einem uniformierten Beamten in der Kneipe saß und Bier trank?

Andererseits benötigte er auch einmal eine kurze Pause. Seit man sie alarmiert hatte, war er nur getrieben worden. Er war andauernd irgendwelchen vorgegebenen Zwängen gefolgt, ohne einen Augenblick innezuhalten. Es war an der Zeit, sich einen Augenblick Zeit zu nehmen und kurz zur Ruhe zu kommen, um über das Geschehene nachzudenken.

„Ich muss nachsehen, ob die Spurensicherung da ist", erklärte er trotzdem.

„Komm, setz dich. Die sind bereits bei der Arbeit. Ulla kümmert sich um alles." Berger gab der Wirtin ein Zeichen, woraufhin diese zwei frische Pils vor sie stellte.

„Eigentlich hast du recht", erklärte Leyendecker, während er sich auf dem Stuhl niederließ. „Es kann nicht schaden, wenn wir die Sache einmal in Ruhe überdenken. Allerdings werden wir das Verbrechen hier und jetzt nicht aufklären. Ich fürchte, das wird uns noch eine ganze Zeit beschäftigen.

„Auf dein Wohl." Berger leerte das Glas in einem Zug. „Der nächste Mord in unserer kleinen Stadt", bemerkte er.

„Wir haben die Serie", stellte Leyendecker fest und prostete Karlchen zu. „Die Sache mit dieser Sekte im Burggartenhotel ist gerade ein paar Wochen her und jetzt das." Eigentlich hatte Leyendecker es recht gern, wenn er an der Aufklärung eines größeren Verbrechens mitwirken durfte, war das doch eine angenehme Abwechslung zu seiner täglichen Routine. Andererseits war ihm aber auch daran gelegen, dass in seinem Bezirk Ruhe und Frieden herrschten. Die heutige Abwechslung hätte er nun wirklich nicht gebraucht. „Kanntest du die Tote?", erkundigte er sich, denn Karlchen kannte so ziemlich jeden.

„Nie gesehen", antwortete Berger. „Vielleicht war es eine Urlauberin."

„Jemand hat aus dem Haus eingangs der Friedrichstraße angerufen und gesagt, er sei ihr Mann."

„Das kann sein, ich meine, vor einiger Zeit dort einen Möbelwagen gesehen zu haben. Aber es entzieht sich meiner Kenntnis, wer da eingezogen ist."

Leyendecker trank sein Glas leer. „Vielen Dank für das Bier, Karlchen. Ich muss dann mal weiter." Bergers Versuch, ihn zu einem weiteren Glas zu überreden, lehnte er ab.

Draußen war es längst dunkel, aber die Männer der Spurensicherung waren in ihren hellen Kunststoffüberzügen recht gut zu erkennen. Man hatte die Tote bereits abtransportiert. Leyendecker ging zu Ulla, die in der Nähe der Leute von der Spusi stand. „Die Kollegen werden sicher begeistert sein, den Alten Markt auf Spuren zu untersuchen."

„Ganz recht, Herr Leyendecker", bestätigte der Mann mit der John-Lennon-Brille. „Das ist ein sinnloses Unterfangen. Vielleicht findet sich ja an der Leiche irgendein Hinweis."

„Keine Spur von der Tatwaffe?", erkundigte sich Leyendecker. „Habt ihr mal im Brunnen nachgesehen?"

Der Leiter der Spurensicherung sah ihn mitleidig an. „Der Täter wird sich gewiss von hier durch die Konzertbesucher drängeln und die Waffe ausgerechnet im Brunnen entsorgen. Aber um die Frage zu beantworten: Wir haben tatsächlich nachgesehen. Keine Spur. Vielleicht wird sie ja in den nächsten Tagen gefunden. Aber das ist eher unwahrscheinlich. Wir werden dann auch gleich aufhören. Der Tatort ist hiermit freigegeben. Wir räumen das Feld für die Gläubigen", sagte er und deutete auf die gelbweißen Fahnen.

Gut so, dachte Leyendecker. Es wäre auch seltsam gewesen, wenn sich morgen hier die katholischen Christen versammelt hätten und die Polizeiabsperrung wäre immer noch dort gestanden. Allerdings würde der Blutfleck auch einige Aufregung verursachen, wenn morgen in aller Frühe der Platz geschmückt werden sollte. Er nahm an, dass die Mitarbeiter des städtischen Bauhofs morgen ohnehin weite Teile des Alten Marktes mithilfe der Kehrmaschine reinigen würden, aber den Blutfleck würde die Maschine auch nicht beseitigen.

Eigentlich ging das Leyendecker ja nichts an, aber man sollte die Betroffenen besser vorwarnen. Er griff zum Handy. „Hallo Karlchen. Der Tatort ist freigegeben. Aber man sollte den Veranstaltern der Fronleichnamsfeier Bescheid geben. Du kennst doch Gott und die Welt. Kannst du nicht irgendjemand informieren?"

„Alles klar", erklärte Berger. „Überlass das ruhig mir. Ich versuche, jemand vom städtischen Bauhof oder vom Kirchenvorstand zu erreichen."

„Wir können hier nichts mehr tun", sagte Leyendecker zu Ulla. „Lass uns nach Hause gehen. Ich weiß nicht, ob wir schlafen können, aber lass es uns versuchen, bevor morgen die ganze Meute der Journalisten über uns herfällt."

„Sollen wir uns einen Streifenwagen rufen?", erkundigte sie sich.

„Wir gehen zu Fuß. Die frische Luft wird uns guttun."

An der Haustür erwartete sie Schmeling, der jüngere der beiden Kater von Frau Hein. Leyendecker wunderte sich, dass Frau Hein noch immer keine Katzenklappe eingebaut hatte. Möglicherweise hatte sie Bedenken, ihn als Vermieter um Erlaubnis zu fragen, da hierfür ja ein Loch in die Haustür geschnitten werden musste. Er nahm sich vor, Frau Hein zu fragen, ob es ihr recht sei, wenn er eine Katzenklappe einbauen ließ. Schmeling begleitete sie noch die Treppe hoch, um sich sein obligatorisches Leckerchen abzuholen.

Kapitel 2

Die Journalisten erwarteten sie bereits vor der Dienststelle. Was hätte Leyendecker ihnen sagen sollen? Dass eine Frau erstochen worden war, wussten ja alle längst. Viel mehr wusste er im Moment auch nicht. Die Identität der Toten wollte er im Augenblick nicht preisgeben, obwohl er wusste, dass das wenig nützte. Die würde ohnehin bald allen bekannt sein.

Also beschränkte er sich auf ein paar Allgemeinplätze. Sie ermittelten in alle Richtungen, ein konkreter Verdacht bestünde nicht, und zu gegebener Zeit würden weitere Informationen folgen.

Ulla und er hatten bereits beim Frühstück den Fall grob besprochen. Aber herausgekommen war dabei nicht viel.

„Ich erzähle dir ja nichts Neues, wenn ich sage, dass in den meisten Tötungsdelikten ein naher Angehöriger beteiligt ist. Du warst ja bei dem Ehemann. Welchen Eindruck hattest denn von dem?", fragte er, als sie in seinem Dienstzimmer Platz genommen hatten.

„Ich habe ihn ja nur kurz gesprochen", erwidere Ulla. „Er schien ehrlich überrascht und betroffen zu sein. Aber du weißt ja, wie das ist. Das konnte auch gespielt sein. Allzu groß war seine Trauer wohl nicht. Aber auch das kann täuschen.

Es gibt Menschen, die ihre Gefühle kaum zeigen."

„Ein Alibi hat er wohl nicht. Es hätte nur wenige Minuten gedauert, die Tat auszuführen und in die Wohnung zurückzukehren. Der besorgte Anruf auf dem Telefon seiner Ehefrau könnte einfach nur ein raffiniertes Manöver sein, um uns hinters Licht zu führen."

„Wie es aussieht, hat er doch ein Alibi. Er sagt, er habe um die fragliche Zeit mit dem örtlichen Jagdpächter wegen eines Jagderlaubnisscheins telefoniert. Das wird er wohl kaum mit dem Handy inmitten der Konzertbesucher gemacht haben."

Leyendecker blieb skeptisch. „Du weißt, dass mir diese Art Alibi immer suspekt ist. Aber bei der Telefongesellschaft werden die Gespräche ja genau mit Uhrzeit registriert. Das wird sich überprüfen lassen.

Aber warte, wenn ich mich nicht irre, ist doch dieser Richard Oster der neue Jagdpächter. Die hatten doch Mühe, jemand zu finden, weil heutzutage die Schwarzwildbestände kaum zu kontrollieren und die Entschädigungszahlungen für Wildschäden immens sind."

Nachdem er im Telefonbuch nachgesehen hatte, griff er zum Telefon. „Guten Morgen Herr Oster, schön, dass ich Sie gleich an der Strippe habe. Hier ist Leyendecker von der örtlichen Polizei. Meine Kollegin Stein hört dieses Gespräch mit. Bitte entschuldigen Sie, dass ich Sie am Feiertag so früh störe. Ich hätte eine kurze Frage."

„Sie stören nicht. Ich bin Frühaufsteher, wenn ich nicht gerade nachts im Revier war. Was kann ich für Sie tun?"

„Haben Sie gestern mit einem Herrn Bernhard Westermann telefoniert?"

„Das habe ich. Er hat doch wohl nichts ausgefressen? Er möchte von mir einen Begehungsschein haben. Da ist es für mich eine Grundvoraussetzung, dass er keinen Dreck am Stecken hat."

„Wir überprüfen lediglich eine Zeugenaussage. Um welche Uhrzeit haben Sie mit ihm telefoniert?"

„Etwa Viertel nach neun, halb zehn."

„Genauer geht es nicht? War irgendwas Besonderes?"

„Es war Musik im Hintergrund. Er wohnt doch da am Alten Markt. Da war doch dieses Rockkonzert. Aber etwas Besonderes war schon. Die Musik hat ausgesetzt, und es kam eine Durchsage. Man suchte wohl einen Arzt, wenn ich das richtig verstanden habe."

„Schön, Sie haben mir sehr geholfen. Noch eine Frage: Haben Sie ihn angerufen?"

„Er hat angerufen. Er wollte ja etwas von mir. Was ist denn nun mit ihm?"

„Machen Sie sich keine Gedanken. Wie ich schon sagte, wir überprüfen lediglich eine Zeugenaussage. Nochmals vielen Dank."

„Oster bestätigt seine Angaben. Es scheint alles zu stimmen", erklärte Leyendecker, nachdem er aufgelegt hatte.

„Du scheinst trotzdem noch misstrauisch zu sein, sonst hättest du nicht gefragt, wer angerufen hat", fand Ulla.

„Das ist mir alles zu glatt. Ausgerechnet in der Zeit, da seine Frau ermordet wird, ruft er wegen eines Jagderlaubnisscheins an. Da mag Zufall sein, aber der Ehemann ist immer der erste Verdächtige."

„Wir können das Alibi nicht einfach ignorieren. Wie es scheint, ist es hieb- und stichfest."

„Es gibt noch eine Möglichkeit, seine Angaben zu überprüfen, beziehungsweise zu widerlegen, auch wenn ich mir nicht vorstellen kann, dass der Jagdpächter ihm wissentlich ein falsches Alibi gibt. Ich habe dir doch erzählt, dass dieser Fotograf uns seine Aufnahmen zur Verfügung gestellt hat. Wie er sagt, hat er das Publikum wenige Minuten vor der Tat fotografiert. Wenn Westermann darauf zu sehen ist, wissen wir, dass er uns falsche Angaben gemacht hat. Die Bilder sind im Computer. Ich rufe sie gleich mal auf."

Ulla schaute über Leyendeckers Schulter. „Das letzte Bild aus der Sicht der Bühne müsste das wichtigste sein. Karin Westermann ist recht gut zu erkennen. Aber da ist niemand, der Bernhard Westermann auch nur ähnlich sieht. Druck sie doch mal aus. Ich werde noch mal mit der Lupe nachsehen."

Nach eingehender Überprüfung schüttelte sie den Kopf. „Er ist darauf nicht zu sehen. Wir müssen also davon ausgehen, dass er die Wahrheit sagt."

„Wie auch immer", erwiderte Leyendecker. „Wir haben keinen Verdächtigen. Uns bleibt nichts anderes übrig, als das Ehepaar Westermann einer genauen Überprüfung zu unterziehen. Bisher wissen wir ja nur, was er dir erzählt hat, und das ist herzlich wenig. Ist unser Anwärter im Haus?"

Mark Schneider war die einzige Unterstützung für Ullas Ermittlungen. Eigentlich gehörte noch ein weiterer Kollege zu ihrem Team, aber der war lange krank gewesen, und man hatte ihn kürzlich pensioniert. Ulla hoffte, dass die Stelle bald wieder besetzt würde. „Er ist ein eifriger junger Mann, als wir ankamen, stand sein Auto bereits auf dem Parkplatz."

Leyendecker bat Schneider zu sich. „Die Tote heißt Karin Westermann. Sie war beim Jugendamt der Stadt Essen beschäftigt. Ihr Mann Bernhard leitete diese Abteilung. Wir müssen so viel wie möglich über die beiden in Erfahrung bringen. Darin sind Sie doch sehr geschickt. Zapfen Sie alle Quellen an, die Ihnen zur Verfügung stehen."

Mark Schneider nickte bestätigend.

Er war bereits im Gehen, als Leyendecker ihn zurückrief. „Halt warten Sie bitte. Mir ist da noch etwas eingefallen." Leyendecker nahm sich das ausgedruckte Foto vor und markierte alle, die sich am Abend vorher bei ihm als Zeuge gemeldet hatten. „Versuchen Sie zunächst, die Identität derjenigen festzustellen, die in der Nähe des Opfers stehen und die ich nicht markiert habe. Die Kollegen hatten ja die gute Idee, alle Ausweise zu kopieren."

„Da hast du ihm ja gleich eine Menge Arbeit aufgeladen", stellte Ulla fest, als der Anwärter gegangen war.

„Da hast du wohl recht", bestätigte Leyendecker. „Aber er ist in so was sehr geschickt. Ich bin mir sicher, er hat schon eine Idee, wie er das rationell erledigen kann. Vermutlich legt er wieder eine seiner Tabellen an."

„Wie geht es nun weiter?", erkundigte sich Ulla.

„Wir müssen wohl die Ergebnisse der Spurensicherung und der Obduktion abwarten. Aber zunächst sollten die Kollegen die Anwohner des Alten Marktes noch einmal befragen. Aus deren Fenstern hat man den besten Überblick. Ich werde das gleich veranlassen."

„Du hast nicht vergessen, dass heute Fronleichnam ist? Da ist der Markt voll", gab Ulla zu bedenken.

„Die Kollegen werden schon einigermaßen rücksichtsvoll sein. Ich denke, man wird Verständnis haben, dass die Polizei ihre Arbeit tun muss."

Es klopfte an der Tür. Anschließend betrat Lars Höbel das Zimmer. Mit dem jungen Kollegen von der Mordkommission Koblenz hatten sie bereits in den beiden letzten Fällen zusammengearbeitet. Er reichte beiden die Hand. „Da bin ich wieder. Ich hätte nicht erwartet, dass wir uns so bald wiedersehen."

„Ich hätte gerne darauf verzichten können", antwortete Leyendecker. „Das geht nicht gegen Sie. Aber schon wieder einen Mord in Hachenburg habe ich mir nun nicht gerade gewünscht."

„Ehrlich gesagt, hat mir das auch nicht in den Kram gepasst. Ich hatte für Freitag bereits einen Tag Urlaub eingetragen. Wir hatten mit ein paar Freunden für ein verlängertes Wochenende einen Segeltörn auf dem Ijsselmeer in den Niederlanden geplant. Wir hatten dafür einen alten Kutter gechartert. Ich hatte schon alles gepackt, als mich der Anruf erreichte. Wie es scheint, bin ich in unserer Behörde jetzt der Spezialist für Hachenburg."

„Wie dem auch sei", schaltete sich Ulla ein. „Sie sind uns herzlich willkommen. Wohnen Sie wieder im Hotel Hormann?" Ulla hätte eigentlich gerne gewusst, ob sich die Beziehung zu Anna wieder verbessert hatte, aber sie wollte nicht so direkt danach fragen.

Lars Höbel erklärte aber lediglich, dass er das letzte Einzelzimmer ergattert habe.

„Ihr Zimmer steht Ihnen wieder zur Verfügung. Der Kollege, der das bisher genutzt hat, wurde inzwischen pensioniert. Wäre die Stelle nichts für Sie?", erkundigte sich Leyendecker.

Höbel winkte ab. „Es gefällt mir zwar in Hachenburg, aber ich bin noch jung und möchte Karriere machen. Das gibt der Stellenplan hier vermutlich nicht her. Ich bleibe doch lieber in Koblenz. Da habe ich bessere Chancen. Lassen Sie uns über unseren neuen Fall reden. Es kommt ja nicht alle Tage vor, dass jemand in der Öffentlichkeit niedergestochen wird, und keiner bekommt etwas mit."

„Das mag im ersten Moment tatsächlich seltsam erscheinen", bestätigte Ulla, „Aber manchmal schafft die Öffentlichkeit auch Anonymität."

„Das mag sein", erklärte Höbel. „Wenn wir also keine brauchbaren Zeugen haben, müssen wir unsere Aufmerksamkeit wohl zunächst auf das Opfer lenken."

„Soweit waren wir auch schon", erklärte Leyendecker. „Die Tote ist für uns ein unbeschriebenes Blatt. Wir sind gerade dabei, uns einen Eindruck von ihr zu verschaffen."

„Sie ist hier weitgehend unbekannt", ergänzte Ulla. „Vor einigen Wochen ist sie mit ihrem Ehemann nach hier gezogen. Die Wohnung der beiden befindet sich wenige Meter vom Tatort."

„Und der Mann kommt als Täter nicht infrage?"

„Das war unser erster Gedanke, das ist ja wohl naheliegend", erklärte Leyendecker. „aber wie es scheint, hat er ein Alibi."

Schneider betrat einige Zeit später das Zimmer. Trotzdem war es Leyendecker unverständlich, dass er den Auftrag in so kurzer Zeit erledigt hatte. „Ich konnte die meisten Personen, die in der Nähe der Toten gestanden haben, identifizieren", erläuterte er, nachdem er Höbel begrüßt hatte. „Lediglich ein Mann ist nach wie vor unbekannt." Er legte das Foto auf Leyendeckers Schreibtisch. „Es handelt sich um diesen Mann." Er deutete auf einen in unmittelbarer Nähe von Karin Westermann Stehenden.

„Der Mann dürfte etwa fünfundzwanzig bis fünfunddreißig Jahre alt sein. Irgendwie ist das schwer einzuschätzen." Leyendecker reichte das Foto an Ulla weiter. „Wir werden einmal Karlchen fragen, ob er ihn kennt."

„Meinst du nicht, dass der etwas seltsam aussieht? Die dunkle Sonnenbrille, und der Bart wirkt auch irgendwie komisch. Sieht so aus, als habe er sich maskiert."

Leyendecker blickte erneut auf das Bild. „Ich glaube, du hast recht. Eigenartig, dass keinem der übrigen Zeugen der Mann aufgefallen ist."

„So seltsam finde ich das nicht", warf Höbel ein. „Die Aufmerksamkeit war auf das Geschehen auf der Bühne fixiert."

„Kann man da eine Ausschnittvergrößerung machen?", erkundigte sich Leyendecker bei Schneider.

„Kann man schon, aber das Bild wird dann grobkörniger. Ich kann zwar einige Filter darüber legen, aber ich glaube nicht, dass dann mehr zu erkennen ist. Hier sind die Spezialisten gefragt, die können da sicher mehr herausholen. Vielleicht ist man dann sogar in der Lage, einen Abgleich mit den einschlägigen Dateien durchzuführen.

Ich werde mich gleich darum kümmern. Danach versuche ich dann, Informationen über das Ehepaar Westermann herauszufinden."

„Sorgen Sie bitte dafür, dass ein Ausschnitt des Fotos an die Presse geht. Weisen Sie aber ausdrücklich darauf hin, dass er nur als Zeuge gesucht wird. Möglicherweise ist der Mann ganz harmlos. Vielleicht meldet er sich ja dann."

„Wenn es derzeit nichts anderes zu tun gibt, werde ich in das mir zur Verfügung stehende Zimmer gehen und ebenfalls versuchen, Informationen über die Westermanns zu erlangen", erklärte Höbel.

Ulla nahm sich das Foto. „Ich suche mal den Ehemann auf. Vielleicht kennt er ja den Mann."

„Macht das", stimmte Leyendecker zu. „Ich rufe die Kollegen an, ob bei der Befragung der Anwohner schon etwas herausgekommen ist. Wenn wir von der Spusi oder der Rechtsmedizin Nachrichten haben, setzen wir uns erneut zusammen."

Ulla war zu Fuß durch die Hachenburger Hintergassen gegangen. Ohnehin hätte sie während der Fronleichnamsfeier nur schwer einen Parkplatz gefunden. Sie traf Bernhard Westermann vor seiner Haustür.

„Ich wollte mir nur kurz die Füße vertreten, ein paar Schritte durch den Burggarten", erklärte er. „Ich nehme an, Sie wollen zu mir. Dann kommen Sie doch bitte mit nach oben."

„Ich möchte Sie nicht lange aufhalten", sagte Ulla, als sie oben ankamen. „Ich habe nur eine kurze Frage."

„Sie halten mich nicht auf. Es ist eher eine angenehme Abwechslung. Mir fällt bereits jetzt die Decke auf den Kopf.

Ich muss mich erst daran gewöhnen, dass Karin nicht mehr da ist. Immer wenn ich Geräusche im Treppenhaus höre, denke ich, die Tür geht auf, und sie kommt herein. Aber das wird ja nie mehr der Fall sein. Setzen Sie sich doch. Kann ich Ihnen etwas anbieten?"

Ulla winkte ab. „Machen Sie sich keine Mühe. Es dauert nicht lange. Wie ich schon sagte, ich habe nur eine Frage. Sie nahm das Foto aus der Tasche und deutete auf den Mann. „Kennen Sie ihn?"

Westernmann besah sich die Aufnahme eingehend. Dann schüttelte er den Kopf. „Ich glaube nicht.

Das ist aber auch nicht weiter verwunderlich. Außer meiner Frau kenne ich niemand auf dem Foto. Wir sind ja noch nicht allzu lange hier. Er steht nicht weit von Karin entfernt. Hat er etwas mit ihrem Tod zu tun?"

„Das wissen wir nicht", erläuterte Ulla. „Derzeit ist das lediglich ein Zeuge, dessen Identität wir feststellen möchten."

„Westermann schüttelte erneut den Kopf. „Tut mir leid, dass ich Ihnen da nicht weiterhelfen kann."

„Es war nur ein Versuch", erklärte Ulla. „Sie hatten jetzt ja ein paar Stunden Zeit. Ist Ihnen vielleicht doch noch irgendetwas einfallen, was uns weiterbringen könnte?"

„Ich zermartere mir seit gestern Abend den Kopf. Ich habe nach wie vor keine Erklärung, leider."

„Wir versuchen alles, um den Mord an Ihrer Frau möglichst bald aufzuklären", versprach sie. Gleich, als sie das gesagt hatte, dachte sie, dass sie sich diese Floskel hätte sparen können. Aber es gab nun einmal Situationen, da kam man nicht ohne Floskeln aus.

„Er kennt den Mann auch nicht", berichtete Ulla, als sie wieder Leyendeckers Zimmer betrat. „Hat sich inzwischen etwas Neues ergeben?"

„Ihre Handydaten sind da", berichtete Leyendecker.

„Ist irgendetwas dabei, was uns weiterhelfen kann?"

„Das wird man genauer untersuchen müssen. Die Anzahl ihrer Gespräche und Textnachrichten ist überschaubar. Anscheinend hatte sie nicht allzu viele Bekannte. Allerdings fällt eine Nummer auf, mit der sie sehr häufig gesprochen hat. Es handelt sich dabei um eine Nebenstelle eines Fitnessstudios in Essen."

„Dort wird sie Sport getrieben haben", meinte Ulla.

„Das kann schon sein, aber warum telefoniert sie so häufig mit dieser Nummer, nachdem sie nach Hachenburg umgezogen ist. Sie wird wohl kaum das Studio in Essen weiter besucht haben, es sei denn, sie hatte andere Gründe."

„Man müsste denen mal auf den Zahn fühlen. Ob wir die Essener Kollegen einmal bitten, dort zu ermitteln?"

„Wir sollten Lars Höbel unsere Auffassung mitteilen. Es wäre sinnvoll, wenn die Kripo Koblenz offiziell um Amtshilfe bitten würde."

Sie baten Höbel in Leyendeckers Zimmer und teilten ihm ihre Überlegungen mit.

„Ich habe mich in der Zwischenzeit etwas mit dem Hintergrund der beiden Westermanns befasst", teilte er mit. „Aber wir benötigen wohl noch weitere Aufklärung. Fakt ist wohl, dass beide bei der Stadt Essen beschäftigt waren. Er war Leiter des Jugendamtes. Sie war Sozialarbeiterin und wurde ebenfalls beim Jugendamt eingesetzt. Er ist wohl in den siebziger Jahren mit seinen Eltern aus Rumänien übergesiedelt, hat Abitur und eine Ausbildung zum Diplom-Verwaltungswirt gemacht. Daneben hat er wohl an einer Fernuni ein Studium zum Diplom-Sozialpädagogen abgeschlossen.

Sie wurde in Oldenburg geboren und hat vor etwa zehn Jahren die Stelle bei der Stadt Essen angetreten.

Vor sieben Jahren haben die beiden dann geheiratet, nachdem er sich von seiner ersten Frau hat scheiden lassen.

Mehr konnte ich in der Kürze der Zeit nicht herausbringen."

„Wir müssen einfach mehr über den Hintergrund der beiden erfahren", fand Ulla. „Man sollte mit der geschiedenen Ehefrau, etwaigen Kollegen oder Freunden reden. Er ist gerade mal sechzig. Dann wird man üblicherweise noch nicht pensioniert. Und warum hat sie ihren Job so einfach aufgegeben?"

„Wenn es geht, sollten wir selbst ein paar Leute in Essen befragen. Möglicherweise kann einer von uns ja einen der dortigen Kollegen begleiten."

„Bei uns in Koblenz hatten wir eine Kollegin. Die hat einen Unternehmensberater aus Essen geheiratet. Sie hat sich dann zur Polizei Essen versetzen lassen", informierte Höbel. „Ich werde mal mit ihr reden. Vielleicht geht ja etwas auf den kleinen Dienstweg."

Am Nachmittag hatten sie das Ergebnis der Obduktion vorliegen. Es war keine Überraschung. Die Tatwaffe war ein Messer mit einer relativ schmalen Klinge von etwa fünfzehn Zentimetern Länge. Ulla dachte an die früher so populären

Spring- oder Butterflymesser. Der Stich war zwischen zwei Rippen direkt ins Herz erfolgt. Vermutlich war der Tod unmittelbar danach eingetreten.

Von der Spurensicherung gab es praktisch keine Ergebnisse. Man hatte zwar einige Spuren sichergestellt. Aber hier fehlten einfach entsprechende Vergleichsproben. Falls man einen Tatverdächtigen hatte, musste man weitersehen.

Kapitel 3

Sie waren in aller Frühe losgefahren. Höbel hatte vorgeschlagen, seinen Wagen zu nehmen. Das hatte Ulla jedoch abgelehnt, da sie befürchtete, dass sie mit dem alten Twingo Essen nie erreichen würden. Außerdem besaß Höbel kein Navi. Obwohl er versichert hatte, dass seine Kollegin ihm den Weg zur Polizeiinspektion Mitte genau geschildert habe, vertraute sie doch eher ihrem Mini und dessen Navigationssystem. Bedingt durch einige Baustellen, die in der Sommerzeit ja obligatorisch waren, verließen sie gegen neun Uhr die A 52 und erreichten nach kurzer Fahrt über die B 224 ihr Ziel.

Eine junge Frau erwartete sie vor dem Gebäude und wies ihnen den Weg zu einem Parkplatz dahinter.

„Das ist Sibylle, Sibylle Rahn", stellte Höbel sie vor.

Die auffallend hübsche Frau reichte Ulla die Hand. „Weder verwandt noch verschwägert", sagte sie lachend.

Ulla wusste nichts mit diesem Satz anzufangen, deshalb kam Höbel ihr zur Hilfe. „Wir befinden uns in Essen, hier hat Helmut Rahn gewirkt, der Torschütze zum drei zu zwei."

Ganz weit hinten dämmerte Ulla, dass bei der Weltmeistermannschaft 1954 auch noch andere

Spieler außer den Gebrüdern Walter und Horst Eckel mitgewirkt hatten, von denen im regionalen Fernsehen zu Hause fast ausschließlich die Rede war, wenn über die Weltmeistermannschaft von 1954 berichtet wurde. „Ich freue mich, Sie kennenzulernen", sagte sie und reichte Sybille Rahn die Hand. „Und herzlichen Dank, dass Sie unser Anliegen so prompt unterstützen."

„Nicht der Rede wert", wiegelte die junge Frau ab. „Ich helfe Ihnen gern. Das hier ist keine offizielle Aktion, obwohl ich sie mit meinen Vorgesetzten abgesprochen habe. Ich halte mich weitgehend im Hintergrund und überlasse Ihnen das Reden. Ich habe für uns zwei Termine ausgemacht. Wir fangen zunächst mit dem Personalamt der Stadt Essen an. Nach einem Mittagessen in unserer Kantine, zu der Sie herzlich eingeladen sind, besuchen wir die geschiedene Frau Westermanns, ehe wir uns am frühen Abend diesen Jo Schnabel, den Betreiber des Fitnessstudios, vornehmen. Dort habe ich keinen Termin vereinbart. Den sollten wir überraschen."

Ulla machte Anstalten wieder ans Steuer ihres Minis zu steigen, aber Sibylle Rahn rief sie zurück. „Ich habe einen Dienstwagen organisiert, und inzwischen kenne ich mich hier auch ganz gut aus. Kommen Sie mit. Wenn es Ihnen recht ist, fahre ich."

Es dauerte nicht lange, bis sie vor dem Hochhaus am Porscheplatz, dem Sitz der Stadtverwaltung

Essen, hielten. Das Personalamt befand sich im zehnten Stock.

Die ältere Dame bestätigte, dass man sie angekündigt hatte. Die Personalakten von Karin und Bernd Westermann lagen auf ihrem Schreibtisch. „Man hat mir gesagt, dass ich Ihnen behilflich sein soll, aber Sie als Polizisten werden sicher verstehen, dass gerade Personalakten einer strengen Geheimhaltung unterliegen. Worum geht es Ihnen denn überhaupt?"

„Eigentlich wollten wir uns ein Bild von dem Ehepaar machen", erklärte Ulla. „Da sie erst einige Wochen bei uns zugezogen sind, haben wir nur wenige Hintergrundinformationen."

„Hintergrundinformationen werden Sie aus den Personalakten wohl nicht erfahren, und mit mehr kann ich Ihnen nicht dienen. Die meisten unserer Kollegen sind uns nur aus den Akten bekannt. Herrn Westermann als Abteilungsleiter kannte man durchaus, aber was er für ein Mensch war und ähnliche Informationen, kann ich Ihnen da nicht mitteilen."

„Uns ist aufgefallen, dass Westermann gerade mal sechzig Jahre alt war", schaltete sich Höbel ein. „Da hat er ja wohl das Pensionsalter noch nicht erreicht. Wurde er pensioniert, hat er gekündigt, und was war mit Frau Westermann?"

„Genau das sind die Informationen, die der Geheimhaltung unterliegen. Ein jeder hat doch wohl das Recht, dass über seine persönlichen Angelegenheiten Stillschweigen gewahrt wird.

Wir können doch nicht so ohne Weiteres jedem Auskunft erteilen."

„Wir sind schließlich nicht jeder", erklärte Sibylle Rahn ärgerlich. „Wir sind die Polizei und die beiden Kollegen untersuchen einen Mordfall."

„Die ältere Dame wurde blass. „Von einem Mordfall hat mir niemand etwas gesagt. Das ist mir zu heikel. Würden Sie bitte einen Augenblick draußen warten, ich muss mit meinem Vorgesetzten reden."

„Im Grunde kann ich sie verstehen", sagte Ulla auf dem Flur.

„Ich habe vorher absichtlich nicht gesagt, dass es um einen Mord geht. Ich wollte keine unnötige Aufregung verursachen", erklärte Frau Rahn.

„Das war sicher richtig. Vermutlich hätte das wie ein Lauffeuer die Runde gemacht. Ich denke, viel erfahren werden wir hier nicht."

Es dauerte nicht lange, da kam ein etwa Fünfzigjähriger in weißem Hemd und grauer Hose auf sie zu. „Mein Name ist Adler. Warten Sie bitte einen Augenblick. Ich hole mir die Unterlagen."

Kurz darauf kam er mit den beiden Akten zurück und bat sie in sein Büro.

„Man sagte mir, es ginge um Mord. Darf ich fragen, was das Ehepaar Westermann damit zu tun hat?"

„Frau Westermann wurde ermordet", informierte Höbel.

„Das ist ja schrecklich", erklärte Adler, aber man merkte ihm an, dass er zwar überrascht aber nicht weiter berührt war.

„Wir benötigen einfach mehr Informationen über das Ehepaar. Alles kann wichtig sein. Was, das wissen wir allerdings häufig erst nachher. Aber je mehr wir erfahren, desto vollständiger ist das Bild, das wir uns von ihnen machen können", teilte Höbel mit.

„Lassen Sie mich nachsehen, was ich für Sie tun kann." Adler blätterte in der Akte. „Westermann hat 1980 bei uns angefangen, ganz normal als Anwärter. Nebenbei hat er wohl noch bei einer Fernuni ein Diplom erworben, Sozialpädagoge, wenn ich das recht hier sehe. Da war es eigentlich ziemlich logisch, dass er beim Jugendamt landete. Er hat dann auch recht ordentlich Karriere gemacht. Vor zwei Jahren wurde er dann pensioniert.

Karin Westermann, damals noch Folger, ist, wie ich hier sehe, seine zweite Frau. Sie ist seit 2007 bei uns beschäftigt. Sie ist wohl von Norddeutschland zugezogen. Sie arbeitete ebenfalls im Jugendamt. 2010 haben die beiden geheiratet. Frau Westermann hat dann gekündigt, als er 2015 pensioniert wurde. Sie hat damals erklärt, dass sie sich räumlich verändern wollten. Die Kollegen hatten keinen Zweifel daran, dass sie als qualifizierte Fachkraft jederzeit wieder eine Anstellung finden würde. Auf den Jugendämtern werden immer wieder ausgebildete Leute gesucht. So beliebt ist der Job ja auch nicht gerade. Das hat sich ja nun erledigt.

Das ist im Wesentlichen alles, was ich Ihnen anhand der Akten sagen kann."

„Wir hatten uns eigentlich etwas mehr versprochen", erklärte Ulla. „Zum Beispiel über die Hintergründe seiner Pensionierung."

„Dazu kann ich Ihnen leider nichts sagen, Sie verstehen, die Schweigepflicht. Aber vielleicht soviel, wenn heutzutage jemand vorzeitig pensioniert wird, hat das doch meist gesundheitliche Gründe."

„Er ist also krank", stellte Ulla fest.

„Krank in diesem Sinne ist man dann, wenn man ein entsprechendes Gutachten vorlegt. Ich beteilige mich ja normal nicht an Gerüchten. Es hieß damals, es habe Krach im Jugendhilfeausschuss gegeben. Einige Wochen danach hat er dann das Gutachten gebracht."

„Das ist doch einmal interessant", fand Höbel. „Weshalb hat es denn Krach gegeben?"

„Wie ich schon sagte, es waren lediglich Gerüchte. Die Sitzungen sind ja nicht öffentlich."

Sie stellten noch verschiedene Fragen. Aber Konkretes kam dabei nicht heraus. Sie hätten zu gerne gewusst, weshalb es zu den Unstimmigkeiten im Ausschuss gekommen war. In Hachenburg hätten sie das sicher ohne Probleme herausbekommen. Aber hier kannten sie ja niemand, den sie fragen konnten.

Ulla konnte kaum glauben, dass das hier auch Essen war. Die Gegend war eher ländlich. In Grün eingebettet standen hier Ein- und Zweifamilienhäuser aus den achtziger und neunziger Jahren des vergangenen Jahrhunderts.

Elke Westermann stand auf dem Messingschild neben dem Eingangstor eines beeindruckenden Anwesens.

Als sie den Knopf drückten, öffnete es sich mit einem schnarrenden Geräusch. Eine blonde Frau im blauen Hosenanzug öffnete ihnen die Haustür. Sie mochte etwa sechzig Jahre alt sein, soweit man das aufgrund der etwas zu stark aufgetragenen Schminke überhaupt sagen konnte.

„Sie müssen die Herrschaften von der Polizei sein. Kommen Sie doch herein, und nehmen Sie Platz."

Sie führte sie in ein etwa vierzig Quadratmeter großes Wohnzimmer mit dunklen Schränken und einer braunen Ledergarnitur, in der sie fast versanken, als sie sich niederließen. Auf dem Tisch standen eine Kaffeekanne mit vier Tassen, Zuckerdose und Milchkännchen.

„Sie mögen doch Kaffee? Milch oder Zucker nehmen Sie sich bitte selbst." Sie schenkte den Kaffee aus. Dann eilte sie davon, um nach kurzer Zeit mit einer Flasche Rieslingsekt und vier Sektflöten zurückzukommen. „Ich trinke zum Kaffee gerne ein Glas Sekt, Sie doch auch?"

Ulla winkte ab. „Besser nicht. Wir haben noch einen langen Tag vor uns."

„Aber ich darf doch?" Die Frage war eher rhetorisch gemeint, denn mit geschickten Fingern öffnete sie die Flasche und schenkte sich ein. „Was führt die Polizei denn nun zu mir. Ich bin mir keiner Schuld bewusst."

„Die Frau Ihres geschiedenen Mannes wurde ermordet", kam Ulla gleich zu Sache.

Elke Westermann blickte zunächst erstaunt drein. Dann lachte sie herzhaft. „Darauf muss ich sofort ein Glas trinken." Sie trank ihr Sektglas in einem Zug leer und goss sich sofort nach. „Und da kommen Sie gleich zu mir? Zugegeben, es gab eine Zeit, da hätte ich dieses Luder liebend gern umgebracht. Aber aus heutiger Sicht bin ich ganz froh, dass ich diesen Schürzenjäger los bin. Nicht nur, dass er mich nach Strich und Faden betrogen hat, ich konnte ihm nie etwas recht machen. An allem hat er herumkritisiert. Seit ich einige Zeit allein bin, habe ich erst gemerkt, wie schön das Leben sein kann." Das zweite Glas Sekt folgte dem ersten.

„Ich komme aus dem Westerwald. Dorthin ist Ihr Mann vor Kurzem mit seiner zweiten Frau gezogen. Ich nehme nicht an, dass Sie das wussten."

„Das ist mir so was von egal", erklärte Frau Westermann.

„Es ist so, dass wir kaum Informationen über die beiden haben", fuhr Ulla fort. „Und da erkundigen wir uns bei allen möglichen Leuten, um uns ein Bild zu machen."

„Ich hatte schon gedacht, Sie hielten mich für verdächtig. Schade, das wäre ein Spaß gewesen, wenn ich das meinen Freundinnen erzählt hätte."

„So ganz außer Verdacht sind Sie denn doch nicht", ging Lars Höbel auf die Vorgaben der Frau ein. „Haben Sie denn ein Alibi?"

„Köstlich", amüsierte sich Frau Westermann und füllte ihr Glas erneut. „Dazu müsste ich aber erst wissen, wann die Tat geschehen ist."

„Das war am Abend vor Fronleichnam."

„Da habe ich mit drei Freundinnen Canasta gespielt. Ich habe den ganzen Abend gewonnen. Die drei haben sich schwarz geärgert. Ich kann Ihnen gerne ihre Adressen geben."

„Ich schreibe sie mir nachher auf", sagte Höbel.

„Um auf unser Anliegen zurückzukommen", schaltete sich Ulla wieder ein. „Wie ist es denn zu der Beziehung der beiden gekommen?"

„Das liegt doch auf der Hand. Ich nehme mal an, dass das auf der Arbeit war. Bernhard war schon immer hinter jedem Rock her. Er hat keine Gelegenheit ausgelassen. Daran hatte ich mich längst gewöhnt. Aber wegen keiner wollte er sich scheiden lassen. Er hatte es ja gut bei mir.

Keine Ahnung, wie ihn dieses Luder dazu gebracht hat, sie dann doch zu heiraten. Eines Tages kam er dann und erklärte, er würde sich scheiden lassen. Ich weiß nicht wie, aber irgendwie hat sie es doch geschafft, ihn um den Finger zu wickeln."

„Irgendwelche Qualitäten wird sie schon gehabt haben", fand Höbel und erntete dafür ein Kopfschütteln von Ulla.

„Zweifellos", bestätigte Elke Westermann. „Ich weiß aber nicht welche."

„Könnten es finanzielle Überlegungen gewesen sein?", fragte Ulla.

„Wohl eher nicht, soweit ich weiß, kam sie aus relativ einfachen Verhältnissen. Obwohl, wenn ich es mir recht überlege, hat er sich bei der Vermögensauseinandersetzung im Scheidungsverfahren relativ großzügig gezeigt. Das war schon seltsam, denn er war eigentlich ein Geizhals und Pfennigfuchser. Wenn ich es nicht besser wüsste, würde ich sagen, dass er irgendwo noch Geld gebunkert hatte. Möchten Sie nicht doch ein Glas Sekt? Ich glaube, ich nehme noch eins."

„Nein danke." Ulla schüttelte den Kopf. „Wir wollen Sie dann auch nicht länger belästigen. Falls Ihnen noch etwas einfällt, was Ihnen wichtig erscheint, rufen Sie mich an. Ich lasse Ihnen meine Karte hier. Und vielen Dank für den Kaffee. Bitte bleiben Sie sitzen. Wir finden schon allein raus."

„Das war ja eine Granate", fand Höbel, als sie wieder im Auto saßen. „Wie die den Sekt runtergeschüttet hat."

„Ich glaube, ihr ganzes Gebaren war nur aufgesetzt", antwortete Ulla. „Die Frau ist einsam."

„Sie glauben, sie trauert ihrem Mann immer noch hinterher."

„Ich glaube in erster Linie, dass sie tief verletzt ist, ein starkes Motiv."

„Sie halten es wirklich für möglich ..?"

„Ich habe keinen Zweifel, dass ihr Alibi stimmt. Genauso wie das von Bernhard Westermann. Sie müssen es ja nicht selbst getan haben."

„Wir haben ja jetzt noch etwas Zeit", bemerkte Sibylle Rahn. „Schnabel ist immer erst am frühen Abend im Studio. Ich habe noch einiges im Büro zu erledigen. Wollen Sie noch etwas essen?"

„Bitte nicht", erklärte Ulla. „Die Lasagne aus der Kantine liegt mir immer noch im Magen."

„Wenn ich einen Vorschlag machen dürfte?"

„Nur zu. Sie kennen sich ja hier aus."

„Sie könnten ja die Zeche Zollverein besuchen, oder noch besser, das Museum Folkwang, ich verspreche Ihnen, Sie werden nicht enttäuscht werden. Die haben einiges zu bieten. Von Caspar David Friedrich über Monet, Gauguin und van Gogh, bis hin zu Picasso, Pollock und Baselitz."

„Das könnte mir durchaus gefallen", erklärte Ulla.

Zu ihrem Erstaunen schien Höbel ebenfalls begeistert. Das hätte sie dem jungen Mann gar nicht zugetraut.

„Schön, dann fahre ich Sie jetzt dorthin und hole Sie gegen 18 Uhr dort ab. Wir können dann noch kurz etwas trinken, bevor wir das Studio aufsuchen. Falls irgendetwas sein sollte, wir haben ja unsere Telefonnummern."

„Schnabel hat ein paar Vorstrafen", berichtete Sibylle Rahn während der Fahrt. „Nichts Besonderes, Körperverletzung, Handel mit anabolen Steroiden. Er gilt allgemein als leicht reizbar."

„Leicht reizbar sind wir auch", meinte Höbel.

Das Studio lag in einem tristen Gewerbegebiet. *Megafit* stand in gelber Neonschrift am Giebel einer Halle, die wohl früher einmal einen kleineren Supermarkt beherbergt hatte.

Als sie eintraten, waren sie überrascht. Das Innere stand im krassen Gegensatz zu dem unscheinbaren Äußeren. Im gleisenden Licht sahen sie eine moderne, chromblitzende Einrichtung. Der Blick in die Gerätehalle zeigte hochmoderne Sportgeräte. Das Studio war sehr gut besucht.

Hinter einer Theke begrüßte sie eine auffallend hübsche dunkelhaarige Frau freundlich. „Sie sind neu hier, denn ich habe Sie noch nie hier gesehen, und ich gehöre praktisch zum Inventar. Wie ich unschwer erkennen kann, ist das wohl nicht Ihr erster Besuch eines Fitnessstudios. Für Neukunden bieten wir einen einmonatigen kostenlosen Schnupperkurs. Wenn wir mit Ihnen werben dürfen, kann der durchaus auch auf ein Jahr und länger ausgedehnt werden. Gerade Sie würden da eine bestimmte Klientel ansprechen", ergänzte sie an Ulla gewandt.

Ulla wusste nicht, ob sie das als Kompliment auffassen sollte. Vorsichtshalber hörte sie nicht nach, welches Klientel die junge Frau da wohl gemeint hatte.

„Wir sind dienstlich hier", erklärte Sybille Rahn und zeigte ihren Dienstausweis.

Die Dunkelhaarige bekam große Augen. „Die Polizei? Bei uns ist alles in Ordnung."

„Das mag wohl sein. Wir wollen zu Herrn Schnabel. Ist er da?"

„Er ist drüben im Büro." Sie griff zum Telefon. „Ich werde Sie anmelden."

„Lassen Sie mal", sagte Höbel. „Wir werden ihn schon finden."

Auf ihr Klopfen bat eine mürrische Stimme sie herein.

Der Typ, der hinter seinem Schreibtisch hervorkam, hätte gut und gern ein Mitglied der Chippendales sein können. Er war etwa eins neunzig groß, braun gebrannt, mit hellblonden Haaren. Er trug eine weiße Trainingshose und ein weißes Muskelshirt, unter dem sein muskulöser Körper richtig zur Geltung kam.

Sonnenstudio, gebleichte Zähne und gefärbte Haare, aber trotzdem kein schlechter Anblick, dachte Sybille Rahn.

Er sah sie fragend an. „Was wollen Sie von mir?"

Sybille Rahn zückte erneut ihren Dienstausweis. „Rahn, das sind Frau Stein und Herr Höbel von der Polizei in Rheinland-Pfalz."

„Wie komme ich zu der Ehre eines länderübergreifenden Polizeieinsatzes."

Ulla zog ein Foto Karin Westermanns aus der Tasche. „Kennen Sie die Frau?"

„Klar kenne ich die. Sie ist ein Mitglied, oder besser gesagt, sie war ein Mitglied unseres Studios. Das ist wohl schon ein paar Monate her. So weit ich weiß, ist sie verzogen, ja richtig, nach Rheinland-Pfalz. Daher Polizei aus Rheinland-Pfalz. Ist was mit ihr?"

Ulla ignorierte die Frage. „Hatten Sie seitdem noch Kontakt mit ihr?"

„Warum sollte ich?"

„Warum haben Sie sie in den letzten Wochen denn mehrfach angerufen?"

Statt einer Antwort fragte er: „Dürfen Sie das, harmlose Bürger überwachen?"

„Wir dürfen das. Also beantworten Sie meine Frage!"

„Das geht Sie gar nichts an."

„Die Frau wurde ermordet. Könnte es nicht sein, dass Sie ein Verhältnis mit ihr hatten, welches sie beendet hat, und Sie wollten das nicht akzeptieren?"

„Ich glaube nicht, dass die Frau ein Verhältnis mit dem hatte", provozierte Höbel. „Sie schien doch eine gewisse Klasse zu haben."

Zunächst stand Schnabel einen Augenblick stocksteif da. Dann verzerrte sich sein Gesicht. „Du verdammter ..!" Wutentbrannt stürzte er sich auf Höbel.

58

Der machte einen Schritt zur Seite, schob das linke Bein vor und stieß den Angreifer in den Rücken.

Der taumelte zwei Schritte, ehe er das Gleichgewicht endgültig verlor und mit dem Kopf gegen einen Schrank krachte, vor dem er liegen blieb."

Aufgrund der Wucht des Aufpralls ging der Rollladen des Schranks nach oben, und ein paar Schachteln mit Tabletten und Ampullen fielen auf Schnabel.

Höbel sah die kyrillischen Schriftzeichen. „Es steht wohl außer Frage, was da drin ist. Das Zeug lässt nicht nur die Hoden schrumpfen, sondern auch das Gehirn. Der Kerl ist das beste Beispiel."

Schnabel kam langsam wieder zu sich. Ein dünnes Rinnsal Blut lief über seine Stirn. Mühsam versuchte er, sich aufzurappeln.

„Bleiben Sie unten!", befahl Ulla. „Wo waren Sie am Abend vor Fronleichnam?"

Er starrte sie entgeistert an. „Ich verlange einen Anwalt", sagte er mit erschöpfter Stimme.

Sybille Rahn griff zum Handy. „Wir brauchen einen Streifenwagen für den Transport eines Festgenommenen und einen Durchsuchungsbeschluss."

Kapitel 4

Als Ulla spät in der Nacht nach Hause kam, war sie todmüde, aber zu überdreht, um gleich schlafen zu können.

Leyendecker erwartete sie im Wohnzimmer. Auf dem Sofa lag auch Balboa. Der alte Kater öffnete ein wenig die Augen, um herzhaft zu gähnen und dann weiter zu schlafen.

„Haben wir noch eine Flasche Wein offen?", fragte Ulla.

„Ich habe heute einen Spätburgunder geöffnet, aber nur ein Glas getrunken. Setz dich hin. Ich hole sie."

Die Flasche stand auf der Arbeitsplatte in der Küche. Leyendecker nahm zwei Weingläser aus dem Küchenschrank. „Ich trinke auch noch ein Glas mit", sagte er und schenkte die zwei Gläser ein. „Willst du jetzt noch über den Fall reden?"

„Lass uns das morgen machen. Mir schwirrt jetzt der Kopf."

„Sonst irgendwelche Vorkommnisse?", erkundigte er sich.

„Allerdings, wir waren im Museum."

„Ihr besucht während des Dienstes ein Museum?"

„Allerdings, wir hatten zwischen unseren Terminen ein paar Stunden Zeit, und da hat uns die nette Essener Kollegin vorgeschlagen, doch ins Museum Folkwang zu gehen. Ich kann dir sagen, das hat sich wirklich rentiert. Da war aber auch alles vertreten. Dir gefallen doch auch die französischen Impressionisten. Da hing von allen was. Über Monet, Gauguin, bis hin zu van Gogh. Das war ja nun nicht gerade ein Franzose, aber ich wollte nur die Bandbreite aufzeigen. Aber auch Bilder von Macke, Picasso, Liebermann oder Baselitz. Und dann Skulpturen von Rodin." Ulla war in ihrer Begeisterung nicht zu bremsen.

„Das war doch der mit dem Denker", sagte Leyendecker.

„Genau der. Der Denker war zwar nicht dort im Museum. Ich nehme mal an, der steht im Louvre, aber man könnte sich tagelang dort aufhalten. Wir sollten unbedingt einmal zusammen ins Museum gehen. Köln ist ja nun wirklich nicht weit. Das Museum Ludwig soll ja auch ganz toll sein. Soweit ich weiß, haben die Werke von Warhol und Lichtenstein."

„Und das *Museum Früh* zeigt Werke von Hopfen und Malz. Das besuchen wir auch."

Ulla lachte. „Wenn du mit mir ins Museum gehst, gehe ich mit dir auch dorthin. Ich fahre nach Au und auch von dort zurück."

Auf der Dienststelle berichteten Ulla und Höbel Leyendecker ausführlich über das Geschehen des Vortages. Der hörte sich das alles ohne Unterbrechung an. „Welche Schlussfolgerungen zieht ihr denn daraus", fragt er dann.

„Wir haben zwei weitere Verdächtige", erklärte Höbel.

„Richtig", bestätigte Ulla. „Auch wenn die geschiedene Frau erklärt, wie froh sie sei, dass sie ihn los ist, so richtig glaube ich ihr das nicht. Ich glaube, dass sie tief verletzt ist und ihre Rivalin gehasst hat."

„Saß der Hass so tief, dass sie zu einem Mord fähig wäre, oder besser gesagt, einen Mord in Auftrag geben würde?"

„Ich kann nicht in ihren Kopf sehen, aber warum nicht?"

„Kommen wir nun zu dem zweiten Verdächtigen. Dieser Schnabel, so wie ihr ihn beschrieben habt, ist er wohl sehr jähzornig und wäre sicher zu einer Tat im Affekt fähig. Aber damit haben wir es ja hier nicht zu tun. Was könnte sein Motiv sein?"

„Das älteste Motiv der Welt, Eifersucht. Nachweislich hat er sie mehrfach angerufen. Was sollte der Grund sein? Naheliegend wäre doch, dass sie sich von ihm abgewandt hat und er sie mit aller Gewalt zurückhaben wollte. Wir wissen ja alle, wozu Stalker fähig sind. Wir konnten leider nicht mehr erfahren, weil unser junger Kollege ihn provoziert hat und er völlig ausgerastet ist."

„Ich wollte ihn aus der Reserve locken."

„Was Ihnen ja auch gründlich gelungen ist."

„Beweisen können wir ihm ja nichts", fand Leyendecker. „Wenn man nicht eine größere

Menge Anabolika gefunden hat, bin ich überzeugt, dass er bald wieder auf freiem Fuß ist."

„Den tätlichen Angriff auf einen Polizeibeamten kann man vergessen. Man muss sich nur vor Augen halten, wie Schnabel ausgesehen hat und wie der angegriffene Polizeibeamte. Außerdem hat der ihn ja provoziert."

„Schon gut." Höbel winkte ab.

„Fassen wir also zusammen", sagte Leyendecker. „Irgendwas ist im Vorfeld von Westermanns Pensionierung vorgefallen. Die geschiedene Frau hat eurer Meinung nach immer noch ein Motiv. Außerdem sieht sie die Möglichkeit, dass er noch Geld gebunkert hatte.

Dann gibt es da diesen Studiobesitzer, der wahrscheinlich ein Verhältnis mit der Ermordeten hatte.

Und wir haben ja immer noch den Ehemann, der nach wie vor der Hauptverdächtige ist.

Viele Fragen und zu wenig Antworten. Es liegt noch eine Menge Arbeit vor uns."

Leyendeckers Telefon klingelte. Man informierte ihn, dass ein gewisser Siegfried Groß ihn sprechen möchte. „Soll warten. Ich melde mich wieder."

„Ich glaube, Sie kennen Siggi und Fred noch nicht persönlich", sprach er zu Höbel. „Die beiden sind Taugenichtse der ganz besonderen Art, aber man kann sich köstlich über sie amüsieren. Einer der beiden möchte mich sprechen. Ich glaube, den Spaß machen wir uns. Ulla, hol dir doch bitte noch einen Stuhl, und setz dich zu mir hinter den Schreibtisch, damit wir noch Platz für unseren Besucher haben."

Dann sagte er unten Bescheid, dass der Herr Groß nach oben kommen könne.

Nach kurzer Zeit klopfte es und Siggi betrat das Zimmer. Wie meist war er lediglich mit Jeans und Unterhemd bekleidet, welches, auch wie immer, viel zu klein war und einen freien Blick auf seine mächtige Wampe eröffnete. „Wie ich sehe, hast du Besuch, Leyendecker. Sollen die mithören, wie ich wieder einmal deine Arbeit leiste?"

Leyendecker ging nicht weiter darauf ein. „Frau Stein kennst du ja. Das ist Herr Höbel, ein Kollege aus Koblenz. Wenn du nichts dagegen hast, bleiben die bei unserem Gespräch dabei. Aber setz dich doch. Ich glaube, ich habe dich länger nicht mehr gesehen."

Siggi ließ sich schnaufend auf dem Stuhl nieder. „Wir waren weg zur Fortbildung und sind erst seit letzter Woche wieder zurück."

Nun staunte Leyendecker. Er konnte gar nicht glauben, dass das Jobcenter den beiden noch mal eine Fortbildung bewilligt hatte. So weit ihm bekannt war, hatten die doch längst aufgegeben, diese beiden hoffnungslosen Fälle wieder in den Arbeitsmarkt einzugliedern. „Welcher Art war diese Fortbildung denn?", fragte er, denn das interessierte ihn tatsächlich.

„Es ging um Fingerfertigkeit."

„Fingerfertigkeit?", staunte Leyendecker. „Das musst du mir schon näher erklären."

„In vielen Bereichen sind heutzutage nicht nur Intelligenz und Kraft gefragt, sondern auch eine gewisse Fingerfertigkeit. Intelligenz und Kraft habe ich ja genug."

„Zweifellos", stimmte ihm Leyendecker zu. „Aber erzähl weiter."

„Genau diese Fingerfertigkeit fehlte mir, um wirklich durchzustarten. Du musst dir nur meine Pranken und die dicken Finger ansehen. Die gleichen Probleme hatte Fred. Dessen Finger sind zwar filigraner, aber er zittert immer so."

„Wovon wird das wohl kommen?", unterbrach ihn Leyendecker.

„Willst du nun hören, was ich zu sagen habe, oder willst du mich immer mit unqualifizierten Kommentaren unterbrechen?"

„Mach weiter. Ich wundere mich nur, dass es dafür Kurse gibt."

„Selbstverständlich gibt es dafür Kurse. Es gibt für alles Kurse. Die glaubst ja immer, du wüsstest alles, aber das Gegenteil ist der Fall."

„Ich kann mir das immer noch nicht richtig vorstellen. Was musstet ihr denn da machen?"

„Wir haben an lebensgroßen Puppen trainiert, die als Männer und Frauen gekleidet waren. Beispielsweise musste man die Handtasche der Frau ohne Erschütterung öffnen und ein Smartphone herausnehmen oder eine Brieftasche aus der geschlossenen Anzugjacke des Mannes fingern. Immer, wenn man sich ungeschickt anstellte, ertönte ein Glöckchen."

Leyendecker schüttelte ungläubig den Kopf. „Du willst mir doch nicht sagen, dass das Job-center solche Kurse finanziert."

„Da bringst du mich auf eine Idee. Ob man im Nachhinein noch einen Antrag auf Kostenüber-nahme stellen kann?"

„Du kannst es ja mal versuchen. Aber was führt dich wirklich hierher? Du wolltest mir doch nicht extra von eurer Fortbildung erzählen."

„Du hast ja gefragt. Aber eigentlich bin ja ich da, um wieder einmal deinen Job zu tun. Es wäre ja nicht das erste Mal."

„Von welchem Job sprichst du?"

„Na, den Mörder von dieser Frau zu fangen. Das ist doch wohl dein Job. Aber bevor ich wei-termache. Wie sieht es mit einer Belohnung aus?"

„Soweit ich weiß, wurde tatsächlich eine Be-lohnung in Höhe von zweitausend Euro von der Staatsanwaltschaft ausgelobt."

Sofort wurde Siggi noch eine Spur aufmerk-samer. „Kann ich die denn gleich mitnehmen?"

„Die Belohnung wurde für Hinweise ausge-setzt, die zur Aufklärung des Verbrechens und zur Festnahme des Täters führen."

Sofort legte sich die Euphorie wieder. „Das hatten wir doch alles schon. Ich kläre den Fall auf, und du behauptest, du seist das gewesen, und ich schaue dann in die Röhre." Siggi erhob sich. „So haben wir nicht gewettet. Ich glaube, ich gehe dann besser wieder. Wenn du es dir anders überlegt hast …"

Siggi hatte bereits die Tür in der Hand, als Leyendecker sagte: „Geh nur, was solltest du schon zur Aufklärung beitragen können."

Wie es schien, hatte Leyendecker das Ehrgefühl seines Besuchers getroffen.

Er kam zurück und setzte sich aufrecht in den Stuhl. „Ich weiß mehr, als du denkst. Du hast doch das Foto von diesem Mann veröffentlichen lassen. Ich war auf dem Alten Markt."

„Das waren einige Hundert andere auch. Ich habe allerdings nicht festgestellt, dass die Kollegen dich registriert haben."

„Wir sind durch die Perlengasse ab. Die anderen wissen nicht, was ich weiß. Ich gebe dir ein Beispiel: Ich weiß, dass der Mann Ausländer ist."

Das wäre nun wirklich eine neue und wichtige Information, aber wahrscheinlich hatte Siggi wieder einen seiner abenteuerlichen Schlüsse gezogen. Trotzdem hörte Leyendecker nach: „Wie kommst du da drauf. Hast du mit ihm gesprochen?"

„Das habe ich nicht. Ich habe andere Beweise."

„Dann raus mit der Sprache."

„Was ist mit der Belohnung?"

„Das sehen wir dann später."

„Er hatte ausländisches Geld."

„Woher weißt du das? Wollte er damit bezahlen? Nun lass dir doch nicht jedes Wort aus der Nase ziehen!"

„Ich weiß es. Es waren über hundert Lei."

Leyendecker musste überlegen. So geläufig war ihm die Währung auch nicht. Dann fiel ihm ein, dass es sich um rumänisches Geld handeln musste. Das konnte Siggi unmöglich erfunden haben. Sehr unwahrscheinlich, dass ihm rumänische Lei geläufig waren. „Du musst schon sagen, woher du das weißt."

„Ich verweigere die Aussage."

Dann dämmerte es Leyendecker. Im Briefkasten der Stadtverwaltung waren gestern Vormittag drei Geldbörsen gefunden worden. Sie enthielten kein Geld und waren sorgfältig abgewischt worden. In Zweien hatte man aber Ausweispapiere gefunden und sie den Eigentümern bereits ausgehändigt. Siggi und Fred hatten ihre Fortbildung bereits in die Praxis umgesetzt. „Du hast ihn beklaut?"

„Wie das klingt, wenn du das sagst. Ich verweigere die Aussage. Dazu habe ich ein Recht."

„Vergessen wir den Taschendiebstahl erst mal. Kannst du mir sonst noch irgendwas sagen?"

„Was denn sonst noch? Muss ich dir noch mehr helfen?"

„Schon gut", beschwichtigte Leyendecker. „Aber wir brauchen die Scheine. Sie müssen auf

Fingerabdrücke und andere Spuren untersucht werden."

„Das kannst du vergessen. Wir haben die wie alles andere abgewischt."

„Zumindest müssen wir wissen, um welche Währung es sich handelt", ergänzte Ulla. „Soweit ich weiß, gibt es zwei Währungen, die sich Lei nennen. Ich glaube, das ist die in Moldawien und die in Rumänien."

„Da kann ich Ihnen weiterhelfen", antwortete Siggi. „Es stand Romania drauf."

Leyendecker lehnte sich zurück. „Was machen wir nur mit dir? Eigentlich müsste ich dich sofort für den Taschendiebstahl zur Verantwortung ziehen. Aber du bist ja gegen jede Strafe resistent. Zu gemeinnütziger Arbeit gehst du einfach nicht hin. Geldstrafen zahlst du nicht. Stattdessen sitzt du die Haft an deren Stelle auf einer Backe ab. Das ist für dich ja so etwas wie eine lieb gewonnene Gewohnheit, und den Steuerzahler kostet das jede Menge Geld. Also geh schon. Wir werden in Zukunft ein Auge auf Fred und dich haben. Das nächste Mal kommt ihr nicht so glimpflich davon."

Siggi erhob sich. An der Tür drehte er sich um. „Was ist mit der Belohnung?"

„Verschwinde, oder ich überlege es mir anders!"

„Ich hätte nie gedacht, dass der alte Gauner einmal eine Information liefert, die man wirklich gebrauchen kann. Ich glaube, wir sind uns wohl einig, dass es sich bei dem Mann um niemand handelt, der noch Devisen von einem Urlaub am Schwarzen Meer oder am Donaudelta übrig hat. Der Eindruck, dass man einen bezahlten Killer angeheuert hat, um Karin Westermann zu töten, verdichtet sich immer mehr. Aber wer war das und warum?"

„Wenn wir davon ausgehen, dass es sich um einen bezahlten Killer handelt, ist keiner unser Verdächtigen aus dem Schneider, weder der Ehemann, noch die geschiedene Frau, noch der mutmaßliche Liebhaber. Es könnte aber auch jemand anderes gewesen sein, den wir bisher noch gar nicht im Visier hatten", erklärte Höbel.

„Aber es deutet doch vieles auf den Ehemann hin. Stammt der nicht aus Rumänien?"

„Richtig", bestätigte Ulla, „aus Sibiu, wo immer das auch ist."

„Das ist in Transsylvanien, Sie können auch Siebenbürgen sagen", informierte Höbel. „Es handelt sich um das frühere Herrmannstadt. Es ist eine Großstadt, die in den Vorkarpaten liegt."

„Sie haben Ihre Hausaufgaben aber gemacht", staunte Leyendecker.

„Das ist nicht weiter erstaunlich. Mein Großvater ist Siebenbürger Sachse. Er kommt aus dieser Gegend."

„Wie dem auch sei. Ohne dass wir den Täter haben, werden wir weder Westermann noch jemand anderem die Tat nachweisen können", sagte Leyendecker. „Und wenn der Täter wirklich

Rumäne ist, hält er sich vermutlich längst nicht mehr in Deutschland auf. Er hat seinen Job hier erledigt. Was sollte ihn hier noch halten? Ich fürchte, wir sind hier mit unserem Latein am Ende. Die Suche nach dem Täter in Rumänien ist doch ziemlich aussichtslos. Wenn wir ihm wenigstens einen Namen zuordnen könnten."

„Wir müssen weiter ermitteln", sagte Höbel. „Vielleicht finden wir ja doch noch etwas, was uns weiterhilft. Irgendjemand weiß mehr über das Verbrechen. Wir müssen ihn nur finden."

Kapitel 5

Eine Frau, die sich als Margot Folger zu erkennen gab, hatte Ulla gestern angerufen und gefragt, ob sie mit ihr über den Stand der Ermittlungen reden könne. Sie sei die Mutter von Karin Westermann, deren Urnenbeisetzung morgen stattfinden sollte. Aus diesem Grund sei sie in Hachenburg und hätte gerne persönlich mit ihr gesprochen.

Ulla hatte zwar mitbekommen, dass die Leiche freigegeben worden war, aber in der Zeitung keinen Hinweis auf die Bestattung gelesen. Aber vermutlich sollte die Beisetzung in aller Stille stattfinden. Das war in letzte Zeit ja häufiger so, und in diesem Falle wollte man wohl jede Art von Rummel vermeiden, der zweifellos durch die Aufmerksamkeit der Presse verursacht worden wäre.

Ulla hatte selbstverständlich zugesagt. Am späten Nachmittag erschien dann Frau Folger auch. Die Frau war zwischen sechzig und siebzig Jahren alt, hatte kurze grau melierte Haare und trug die bei Bestattungen übliche dunkle Kleidung.

Ulla hatte ein etwas schlechtes Gewissen. Hätte man Frau Folger nicht einbeziehen müssen, wenn man den Hintergrund des Ehepaares Westermann eruiert? Was sollte sie der Frau berichten? Sie konnte der natürlich nicht erläutern, wen sie im Verdacht hatten, zumal sie ja keinerlei Beweise hatten. Dass ein stadtbekannter Tunichtgut einem Mann, der vermutlich Rumäne war, eine Geldbörse gestohlen hatte, konnte sie der Frau ebenfalls schlecht erzählen. So beschränkte sie sich auf Allgemeinplätze, man habe mehrere Anhaltspunkte, man ermittle in alle Richtungen und ähnliche Aussagen, die wenig konkret waren.

Frau Folger hörte sich das alles an und sagte dann: „Wurde Bernhard überprüft?"

„Die Ehegatten oder Lebensgefährten werden in einem solchen Fall immer überprüft. Das liegt in der Natur der Sache", erwiderte Ulla. „Im Augenblick gehen wir davon aus, dass Herr Westermann ein wasserdichtes Alibi hat. Gibt es einen Grund für Ihre Frage?"

Margot Folger überlegte einen Moment, ehe sie antwortete. „Ich weiß nicht. Ich will ja niemand beschuldigen. Aber da ist so ein Gefühl."

„Woher kommt dieses Gefühl?", fragte Ulla. „Ist es nur allgemein so ein Gefühl, oder gibt es hierfür Gründe. Überlegen Sie in aller Ruhe. Diese Gründe müssen nicht unbedingt konkret sein. Hat Ihre Tochter irgendwelche Äußerungen gemacht, die das rechtfertigen."

„Vielleicht muss ich etwas weiter ausholen. Mein Verhältnis zu meinem Schwiegersohn war nie das allerbeste. Ich war immer der Ansicht, dass die beiden nicht zueinander passten, aber

73

Karin hatte es so gewollt, und da habe ich ihr nicht weiter reingeredet. Bernhard hat mich auch immer korrekt behandelt. Aber ich hatte immer ein schlechtes Gefühl. Anfangs hatte ich den Eindruck, dass sie sehr zufrieden sei. Aber in letzter Zeit schien sich das Verhältnis doch abgekühlt zu haben."

„Wie äußerte sich das?", erkundigte sich Ulla.

„Nun, sie hat so Äußerungen gemacht, die darauf hinausliefen, dass sie im Falle einer Trennung abgesichert sei. Was auch immer dass bedeuten mag. Einmal sagte sie, sie wisse eine ganze Menge."

„Was kann sie damit gemeint haben?"

„Ich weiß es ja nicht. Konkreter ist sie nicht geworden."

„Hatten Sie öfter Kontakt?"

„Wir haben regelmäßig miteinander telefoniert, und einmal im Monat hat sie mich besucht. Ihr altes Zimmer stand ihr immer zur Verfügung."

„Haben Sie das Zimmer durchsucht, hat sie etwas darin zurückgelassen? Oder hat sie Ihnen etwas zur Aufbewahrung gegeben? Vielleicht ein Brief oder etwas Ähnliches?"

„Da ist nichts dergleichen. In ihrem Zimmer sind nur die Sachen, die schon immer da waren, und gegeben hat sie mir auch nichts."

„Fällt Ihnen sonst noch etwas ein?"

Frau Folger überlegte einige Zeit. „Nein, da ist sonst nichts. Irgendwie habe ich jetzt ein schlechtes Gewissen. Vielleicht hätte ich doch nicht kommen sollen."

„Machen Sie sich keine Gedanken. Es war richtig, dass sie mit mir gesprochen haben. Und wenn Ihnen noch irgendetwas einfällt, auch wenn es scheinbar keine Bedeutung hat, melden Sie sich bitte."

Frau Folger war gerade dabei, sich zu erheben. Dann sank sie doch wieder zurück in den Stuhl. „Da ist doch noch etwas, von dem ich nicht weiß, wie ich das einordnen soll. Er hat mir heute eine auffallend hübsche junge Frau als seine neue Haushälterin vorgestellt."

Das war natürlich auch neu für Ulla. „Hatte er die Haushälterin schon vorher?"

„Zu Lebzeiten meiner Tochter wohl kaum. Das hätte sie mir erzählt. Und bei einem Zweipersonenhaushalt braucht man ja auch nicht wirklich eine Haushälterin."

Als Frau Folger gegangen war, versuchte Ulla das Gehörte einzuordnen. Hatte Karin Westermann wirklich Trennungsabsichten, und was hatte sie mit Absicherung gemeint? Es gab keine gemeinsamen Kinder, sodass sie wohl kaum mit nachehelichem Unterhalt rechnen konnte. Gab es da noch etwas anderes, was ihr diese Sicherheit gab? Und was war mit dieser Haushälterin? Kannte er sie von vorher, und war sie wirklich nur die Haushälterin? Sie musste unbedingt einen Eindruck von der jungen Frau gewinnen und dafür Westermann noch einmal aufsuchen. Aber nicht heute, am Tag der Beerdigung, sondern in den nächsten Tagen.

„Da hat er sich ja schnell Ersatz gesucht", fand Leyendecker, als Ulla ihm von dem Gespräch mit der Mutter der Toten erzählte. „Wie es scheint, hat die geschiedene Frau nicht übertrieben. Der Kerl lässt aber auch wirklich nichts anbrennen. Ob er die Frau schon vorher kannte?"

„Wir wollen zunächst einmal von der ganz normalen Erklärung ausgehen, dass er eine Hilfe im Haushalt brauchte", antwortete Ulla. „Die meisten Männer sind in dieser Angelegenheit ja eher minderbegabt."

„Es wäre auch etwas sehr auffällig, wenn er schon vorher ein Verhältnis mit ihr gehabt hätte und sie jetzt praktisch in seinen Haushalt holt. Das wäre nun wirklich dreist."

„Mehr Gedanken macht mir eigentlich eine andere Sache. Was hat Karin Westermann wohl mit der Aussage gemeint, dass sie abgesichert wäre?"

„Da gibt es schon einmal drei Möglichkeiten. Die erste ist, dass sie selbst über genügend Vermögen verfügte. Da stellt sich die Frage, wo das herkam und warum die Mutter nichts davon wusste. Als zweite Möglichkeit käme in Betracht, dass sie jemand in der Hinterhand hatte. Auch hier ist wieder die Frage, wer das war. Der Typ mit dem Fitnessstudio wohl eher nicht. Der kann eher Geld gebrauchen.

Als Drittes käme in Betracht, dass sie sich sicher war, dass Westermann ihren Lebensunterhalt sicherstellen würde. Woher konnte sie da sicher sein?"

„Viele Fragen, keine Antworten. Ich weiß nicht, ob wir die Antworten je finden. Vielleicht sind wir mit Westermann auch total auf dem Holzweg."

„Kommen Sie doch herauf, Frau Stein", bat Bernhard Westermann durch die Gegensprechanlage. Er erwartete sie an der Wohnungstür. „Treten Sie ein, und nehmen Sie Platz. Frau Klein kann uns einen Kaffee machen."

Offensichtlich war die angesprochene Frau Klein in der Küche, denn Westermann rief: „Wären Sie so freundlich, uns zwei Kaffee zu machen, Frau Klein?"

Als sich Ulla gesetzt hatte, schaute er sie erwartungsvoll an. „Was führt Sie her? Ich hoffe, es gibt neue Erkenntnisse."

„Nicht wirklich", musste Ulla zugeben. „Eine Spur scheint nach Rumänien zu führen. Ich hatte Ihnen doch neulich das Bild dieses Mannes gezeigt, den wir immer noch nicht gefunden haben. Es gibt Anzeichen dafür, dass es sich bei dem Mann um einen Rumänen handelt. Sie sind doch in Rumänien geboren. Könnte es da eine Verbindung geben?"

Westermann antwortete ohne Nachzudenken: „Ich wüsste nicht, welche Art Verbindung es da geben sollte. Meine Frau wurde getötet, und die ist in Norddeutschland aufgewachsen. Da sehe ich nun gar keine Verbindung."

Eine auffallend hübsche dunkelhaarige Frau brachte zwei Kaffee nebst Milch und Zucker. Sie hatte lange lockige Haare, blaue Augen und war mit Jeans und einem blauen Baumwollpullover bekleidet. Nach Ullas Auffassung war sie kaum über fünfundzwanzig Jahre alt.

„Das war ein glücklicher Zufall, dass ich Frau Klein getroffen habe", erklärte Westermann. „Es war bei Aldi. Ich habe mich wohl recht dumm angestellt. Zuerst habe ich kaum etwas von dem gefunden, was ich suchte. Dann bin ich noch mit dem Einkaufswagen gegen den Wagen von Frau Klein gestoßen. Wir kamen ins Gespräch. Es stellte sich heraus, dass sie nur einen Halbtagsjob hat, und wir kamen überein, dass sie ein paar Stunden wöchentlich für mich arbeitet. Aber lassen Sie uns zu Ihrer eigentlichen Frage zurückkommen. Ich war hier und da noch mal in Rumänien. Aber den Mann, den Sie mir gezeigt haben, habe ich wohl noch nie gesehen."

„Es war nur ein Versuch", sagte Ulla. Sie bedankte sich für den Kaffee und verabschiedete sich.

Bei einer Überprüfung der Meldedaten stellte Ulla fest, dass die junge Haushälterin bereits vor zwei Jahren nach Hachenburg gezogen war, kurz, nachdem ihre Ehe geschieden wurde, die nur ein Jahr gehalten hatte. Es war also unwahrscheinlich, dass Westermann vorher ein Verhältnis mit ihr hatte.

Sie wusste nicht so recht, wie sie das alles einordnen sollte. Am wahrscheinlichsten war, dass die Erzählung Westermanns, er habe sie zufällig bei Aldi kennengelernt, der Wahrheit entsprach. Für die Ermittlungen in ihrem Fall war das nun wirklich keine Hilfe.

Ohnehin war der Fall frustrierend. Sie hatten einen Verdächtigen, den sie nicht identifizieren konnten, und der vermutlich längst wieder in sein Herkunftsland verschwunden war.

Man konnte vermuten, dass Westermann hinter all dem steckte, aber ein wirkliches Motiv war nicht zu erkennen. Es waren alles nur vage Vermutungen. Aber selbst wenn man das Motiv gekannt hätte, gab es gegenüber dem Mann keinerlei Beweise.

Vielleicht waren sie ja auch auf dem Holzweg, und ein ganz anderer steckte hinter dem Verbrechen.

Ulla befürchtete, dass dieser Fall nie aufgeklärt wurde.

Berger und Starck hatten wieder einmal Nachtschicht. Normalerweise die Schicht, während der sich am wenigsten ereignete. Trotzdem mochten beide diese Arbeitszeit nicht. Man hatte kaum Abwechslung und wartete auf das Ende. Dann kam man nach Hause, aß vielleicht eine Kleinigkeit und legte sich dann hin. Meistens konnte man nicht gleich einschlafen. Wenn man am Nachmittag aufwachte, fühlte man sich immer noch gerädert. Mit dem Nachmittag konnte man dann nicht mehr viel anfangen, bevor man dann abends wieder zum Dienst musste. Beide waren froh, wenn sie wieder zum Früh- oder Spätdienst wechseln konnten.

Starck lenkte den Streifenwagen von der Westrandstraße gerade stadteinwärts, als sie der Funkspruch erreichte, ein Bernhard Westermann hätte den Notruf gewählt. Er sei eben nach Hause gekommen und habe von unten gesehen, dass jemand offenbar in seiner Wohnung mit einer Taschenlampe leuchte.

„Ich weiß, wo das ist. Er soll sich ruhig verhalten und auf keinen Fall in die Wohnung gehen", antwortete Berger. „Wir sind in drei Minuten vor Ort."

„Blaulicht?", erkundigte sich Starck.

„Wir wollen den Kerl doch fassen. Halt auf dem Schlossberg. Wir gehen dann im Schutz der Schlosskirche weiter. Er muss uns ja nicht bemerken, wenn er zufällig aus dem Fenster sieht."

Starck parkte den Wagen, wie ihm Berger aufgetragen hatte. Am Fuße der Treppe zur Kirche sahen sie einen in grün und braun gekleideten Mann mit dem für Jäger so typischen Hut, der eine Büchse geschultert hatte. „Das ist Westermann", informierte Berger. „Ich hätte ihn in dieser Montur fast nicht erkannt."

Westermann kam auf die beiden Uniformierten zu. „Ich habe angerufen. Ich komme jetzt erst nach Hause, weil ich auf Schwarzwild angesessen habe. Ich habe auch einen Überläufer erwischt. Der liegt noch im Auto. Ich wollte zunächst das Gewehr wegbringen. Der Kerl ist noch in der Wohnung. Sehen Sie selbst!"

Berger sah um die Ecke. Ein sich bewegender Lichtkegel war sichtbar.

„Und? Gehen wir hoch?", erkundigte sich Starck. „Oder sollen wir Verstärkung rufen?"

„Die lachen sich kaputt, wenn zwei gestandene Polizisten wegen so einer Lappalie Verstärkung rufen. Ich gehe hoch."

„Ich komme mit. Du weißt doch, die Sicherheitsbestimmungen."

„Und in der Zwischenzeit haut der durch das Fenster ab."

„Die Bewachung könnte ich doch übernehmen", schaltete sich Westermann ein und deutete auf sein Gewehr.

„Unterstehen Sie sich!", fuhr Berger ihn an. „Sie gehen ein paar Schritte zurück. Mein Kollege wird hier draußen aufpassen."

„Wie Sie wollen", sagte Westermann., „Ich wollte ja nur helfen."

„Geben Sie mir bitte Ihre Schlüssel", bat Berger.

Westermann händigte ihm Haus- und Wohnungsschlüssel aus.

Berger schloss die Haustür auf und schlich, so leise er nur konnte, die Treppe hoch. Gott sei Dank handelte es sich um eine Steintreppe. Eine Holztreppe hätte laut unter dem Gewicht des Hünen geknirscht und ihn unweigerlich verraten.

Die Wohnungstür stand einen Spalt offen, sodass er lautlos in den Flur kam. Mit gezogener Pistole ging er durch den Flur. Unter einer Tür schimmerte ein Lichtschein hindurch. Leise ging er darauf zu.

Er drückte die Klinke nach unten, stieß die Tür auf und stürmte ins Zimmer. „Polizei! Nehmen Sie die Hände hoch!"

Der Lichtkegel einer Stablampe nahm ihm für einen Augenblick die Sicht. Ein Tritt fegte ihm die Waffe aus der Hand, die in eine Zimmerecke flog. Eine dunkel gekleidete Person mit einer Kapuze eilte auf das Fenster zu, öffnete es und sprang über das Geländer.

Starck hörte drinnen ein Poltern. Er zog die Waffe und richtete sie nach oben. Dann wurde das Fenster aufgerissen, und eine dunkle Gestalt kam auf ihn zugeflogen. Ehe er sich versah, war die auf ihm gelandet, und der Aufprall warf ihn zu Boden.

Als Starck sich aufgerappelt hatte, sah er den Einbrecher bereits über den Alten Markt rennen. „Polizei! Bleiben Sie stehen!", rief er ihm hinterher, erzielte jedoch keine Reaktion. Also blieb ihm wohl nichts anderes übrig, als hinterher zu rennen. Als er fast in Höhe des Brunnens war, rannte der Verfolgte bereits in die Wilhelmstraße. Da krachte hinter ihm ein Schuss. Starck blieb wie angewurzelt stehen. Er sah zurück. Westermann stand mit dem Gewehr in der Hand da.

„Nur ein Warnschuss in die Luft", sagte der.

„Blödmann", zischte Starck und setzte seinen Weg fort.

Von dem Einbrecher war nichts mehr zu sehen. Ob er nun die Wilhelmstraße weiter bis zum Kreisverkehr gelaufen war, um dort abzubiegen, oder ob er die Wilhelmstraße bereits durch die Juden- oder Salzgasse verlassen hatte, konnte Starck nur raten. Jedenfalls war der Kerl erst einmal verschwunden.

Starck blieb schwer atmend stehen.

Kurze Zeit später war dann auch Berger da. Er hatte wohlweislich die Treppe genommen. Vermutlich hätte er sich bei dem Sprung aus dem Fenster einen Knöchel gebrochen oder eine andere Verletzung zugezogen. „Wo ist er hin?", fragte er.

„Woher soll ich das wissen? Wenn dieser Idiot nicht geschossen hätte, hätte ich den schon erwischt."

„Träum weiter", sagte Berger. „Du kennst doch die Geschichte mit dem Hund und dem Hasen. Jedenfalls haben wir uns nicht gerade mit Ruhm bekleckert und wieder einmal für Gesprächsstoff gesorgt. Wir können die Kollegen alarmieren, dass die nach ihm suchen, aber so blöd, dass der sich jetzt noch erwischen lässt, wird er nicht sein."

„Ob wir den Chef benachrichtigen?", erkundigte Starck sich.

„Vielleicht ist Ulla eher die Richtige.

Als Ulla ankam, standen alle Bewohner des Alten Marktes an geöffneten Fenstern. Der Schuss hatte sie jäh aus ihrer Nachtruhe gerissen. Für die meisten rentierte der Versuch, wieder einzuschlafen, wohl nicht mehr, da sie ohnehin bald zur Arbeit oder zur Schule mussten.

„Gut, dass Sie kommen, Frau Stein, die beiden wollen mich nicht in meine Wohnung lassen. Ich habe eine Sau geschossen, die möchte ich nicht im Kofferraum liegen lassen", sagte Westermann.

„Wir müssen erst die Spuren sichern", erwiderte Ulla. „Es kann dauern, bis die Spurensicherung kommt."

„Seit wann dreht die Polizei das große Rad wegen eines simplen Einbruchs?"

„Seit hier auf offener Straße Menschen getötet werden. Wir können nicht ausschließen, dass der Einbruch etwas mit dem Tod Ihrer Frau zu tun hat."

„Da drin sind doch ohnehin meine Spuren. Ich möchte zumindest mein Gewehr wegbringen."

„Sie können mit mir nach oben kommen und das Gewehr wegstellen", schlug Ulla vor. „Ich möchte mir oben einen Eindruck verschaffen. Aber allzu viel anrühren sollten wir nicht."

„Na gut", brummelte Westermann. „Ich hoffe nur, dass das alles nicht allzu lange dauert."

Ulla zog sich Schutzhandschuhe über. „Dann kommen Sie mit."

„Wir werden sicher die Schlüssel brauchen."

Ulla sah ihn fragend an.

„Die hat Ihr Kollege, der Große."

„Bringst du uns bitte mal die Schlüssel!", rief sie Berger zu, der etwas abseits stand.

Sowohl unten an der Haustür als auch an der Wohnungstür konnte Ulla keine Zeichen für einen Einbruch feststellen, aber das würde die Spurensicherung wohl genauer untersuchen.

Die Wohnung machte den Eindruck, als sei sie hastig durchsucht worden. Im Schlafzimmer stand ein Bild auf dem Boden, die Reproduktion eines dieser Seerosenbilder von Monet. Dadurch wurde der Blick auf einen kleinen in der Wand eingelassenen Safe sichtbar. „Er scheint ungeöffnet", bemerkte Ulla.

„Dafür müsste er den Schlüssel haben und den Code kennen", teilte Westermann mit.

„Es wäre vermutlich einfacher, den Safe ganz mitzunehmen. Aber es scheint ja nichts beschädigt. Wenn wir Glück haben, hat er den Safe und das Bild mit blosen Händen angefasst."

„Da werden Sie vermutlich enttäuscht werden. Soweit ich sehen konnte, als er auf Ihren

Kollegen sprang, hatte er Handschuhe an. Das war schon fernsehreif."

„Was befindet sich in dem Safe?"

„Nur persönliche Sachen, Bankunterlagen und vielleicht ein paar Hundert Euro. Nicht der Rede wert. Ach ja, und noch meine Pistole. Die bewahre ich meist nicht im Waffenschrank auf."

Erst jetzt schien Westermann aufzufallen, dass er immer noch das Gewehr geschultert hatte. Er ging zurück in den Flur und öffnete einen Schrank, den Ulla auf den ersten Blick für ein ganz normales Möbelstück gehalten hätte. Aber es war ein Waffenschrank, in dem sie noch eine doppelläufige Schrotflinte sah. „Sie besitzen eine Pistole?", erkundigte sie sich.

„Eine Glock, neun Millimeter. Alles ganz legal eingetragen."

„Daran habe ich keine Zweifel." So dumm war der Mann nicht, ihr von einer illegalen Waffe zu erzählen. Das sagte allerdings nichts darüber aus, ob sich noch weitere Waffen von seinem Besitz befanden. Es war keine Seltenheit, dass sich bei den Waffenliebhabern auch Waffen befanden, die nicht registriert waren.

Ulla hatte sich einen Eindruck gemacht. Alles Weitere war Aufgabe der Spurensicherung. „Fehlt etwas?", fragte sie.

„Auf den ersten Blick würde ich sagen, nein. Es sah auch nicht so aus, als trüge er etwas mit sich, als er aus dem Fenster sprang. Ich habe auch keine besonderen Wertgegenstände hier."

Als sie nach unten kamen, war die Spurensicherung gerade eingetroffen. „Schön, dass die Hachenburger uns Arbeit besorgen. Wir hätten ja sonst nichts zu tun", fand der Mann mit der John-Lennon-Brille.

Ulla wusste nicht so recht, ob das ein Scherz sein sollte, oder ob er verärgert war, dass man sie wegen eines schnöden Einbruchs angefordert hatte.

„Was hältst du von der ganzen Sache?", fragte Leyendecker.

„Ich weiß nicht so recht", antwortete Ulla. „Die wahrscheinlichste Lösung ist wohl, dass es sich um einen ganz gewöhnlichen Einbruch handelt. Andererseits kann man nicht ausschließen, dass es etwas mit der Ermordung Karin Westermanns zu tun hat."

„Das würde doch mit großer Wahrscheinlichkeit bedeuten, dass sich der Mörder noch hier aufhält. Er könnte etwas gesucht haben. Aber was kann das sein? Und außerdem, bisher gingen wir doch davon aus, dass Westermann hinter all dem steckt. Der lässt doch kaum bei sich einbrechen."

„Das wäre dann ein ganz raffinierter Schachzug, um von sich abzulenken. Das kann ich mir nicht vorstellen. Ich glaube tatsächlich, dass wir zu viel da hineininterpretieren. Vielleicht bringen uns die Ergebnisse der Spurensicherung neue Erkenntnisse. Ich glaube das allerdings nicht.

Der Einbrecher trug Handschuhe. Und die Aussagen von Westermann, Starck und Karlchen geben auch nicht viel her. Ein Mann, mittelgroß und sportlich, mehr haben wir nicht."

„Er muss zweifellos sportlich sein. Der Sprung auf Starck war schon eine artistische Meisterleistung."

„Wenn der sich nicht gerade unter das Fenster gestellt hätte, wüssten wir jetzt mehr."

Kapitel 6

Jo Schnabel saß allein in seinem Büro. Die Besucher und das Personal waren bereits gegangen. Er hatte Sorgen. Die Geschäfte liefen zwar nicht schlecht, aber die Leasingraten für die hochmodernen Geräte wuchsen ihm langsam über den Kopf. Als er das Studio eröffnete, hatte er es sich zur Prämisse gemacht, durch Qualität aus der Masse der Anbieter hervorzustechen und ein betuchtes Klientel anzusprechen. Dann konnte er auch die entsprechenden Preise nehmen. Das war ihm einigermaßen gelungen. Aber diese Rechnung war trotzdem nicht ganz aufgegangen. Gerade die vermeintlich Wohlhabenden sahen doch sehr aufs Geld. Während andere Studios eine ganze Menge schlafender Mitglieder hatten, die die Leistungen kaum oder gar nicht in Anspruch nahmen, fehlten ihm diese Kunden fast gänzlich, und die waren nun einmal für den Bestand eines Fitnessstudios unerlässlich und hatten bei der Kalkulation eine wesentliche Rolle gespielt. Denn bei den Preisen, die er aufrief, achtete man mehr als bei den Konkurrenten darauf, gleich zu kündigen, wenn man das Studio nicht mehr nutzte. Man konnte ja später wieder eintreten. Und er wusste, hatte man ein Mitglied erst einmal verloren, war es höchst unwahrscheinlich, dass man es zurückgewinnen konnte. Auch beim Personal hatte er nicht gekleckert, sondern geklotzt. Es war nicht nur qualifiziert, er hatte auch auf gutes Aussehen geachtet. Solche Mitarbeiter kosteten auch entsprechend.

Sein gesamtes Vermögen, und das war aufgrund einer Erbschaft nicht unerheblich, steckte in dem Projekt. Trotzdem brauchte er noch Fremdkapital. Er konnte seinen bisherigen Zahlungsverpflichtungen schon nicht nachkommen, sodass die Bank ihm schon vor einigen Monaten die Kredite gekündigt hatte, und er hielt den Betrieb nur aufrecht, weil er sich das Geld zu horrenden Zinsen bei einem Kredithai geliehen hatte.

Zweihunderttausend waren gestern fällig geworden, und er wusste nicht, wie er sie zurückzahlen sollte, zumal seine Nebeneinnahmen, der Handel mit anabolen Steroiden, jetzt weggefallen waren. Man hatte ihn zwar umgehend wieder auf freien Fuß gesetzt, aber es war ihm schon klar, dass die Polizei nun ein wachsames Auge auf ihn hatte. Das Geschäft mit den Pillen und Ampullen musste daher zumindest für einige Monate ruhen.

Er wunderte sich, dass seine Gläubiger noch nichts von sich hatten hören lassen. Es war doch allgemein bekannt, dass die wenig Geduld für säumige Zahler aufbrachten.

Eigentlich hatte er ja gehofft, dass Karin ihm aus der Patsche helfen würde. Aber das hatte sich ja nun erledigt. Ihr Tod war für ihn ein herber Verlust gewesen.

Deshalb hatte er versucht, anderweitig an das benötigte Geld zu kommen, und er glaubte, eine andere Geldquelle gefunden zu haben. Er war da auch durchaus zuversichtlich. Aber das brauchte seine Zeit. Ein guter Pokerspieler musste Geduld haben und im richtigen Moment seine Chance ergreifen. Er hatte eine Nachricht hinterlassen und auf den Busch geklopft, aber bisher noch nichts gehört. Er würde wohl noch einmal nachhaken müssen.

Hatte er draußen ein Geräusch gehört? Er öffnete die Eingangstür und sah sich um. „Ist da jemand?", rief er. Er ging ein paar Schritte und blickte sich erneut um. Aber nichts rührte sich. Das gesamte Gewerbegebiet war um diese Zeit wie ausgestorben. Anscheinend hatte er sich verhört.

Er ging zurück und schloss die Tür wieder ab. Plötzlich hatte er das Gefühl, dass man ihn beobachtete. Er drehte sich um und schrak zusammen. Da stand er da. Wo war der denn so plötzlich hergekommen? In seiner Hand hielt er eine schwere Pistole. „Wer sind Sie? Was machen Sie hier? Wie sind Sie hereingekommen?"

„Ganz ruhig", sagte der Fremde. „Ich brauche nur ein paar Unterlagen von Ihnen. Dann lasse ich Sie wieder allein."

Sybille Rahn hatte den Besuch bei Jo Schnabel bereits so gut wie vergessen. Die Angelegenheit war für sie abgehakt, auch wenn es wenig befriedigend war, dass man den Mann am nächsten Tag wieder auf freien Fuß gesetzt hatte. So etwas kam öfter vor. Sie hatte aufgehört, sich darüber zu ärgern. Damit musste man als Polizeibeamtin leben. Alles Weitere lag nicht mehr in ihrer Verantwortung.

Deshalb wunderte sie sich, als ihr Vorgesetzter ihr Zimmer betrat und sie fragte: „Sie waren doch neulich in diesem Fitnessstudio, diesem *Megafit?* War das nicht mit den Kollegen aus dem Westerwald?"

„Richtig", bestätigte sie. „Die untersuchten den Mord an einer Frau, die von hier stammte. Eine Spur führte zu dem Inhaber dieses Studios. Ganz nebenbei haben wir dann bei ihm noch unerlaubte Dopingmittel gefunden. Nachdem der ausgerastet ist, haben wir ihn festgenommen. Er war allerdings am nächsten Tag wieder auf freiem Fuß."

„Dann kommen Sie mal mit. Jetzt geht es um mehr, als um ein paar Pillen."

„Uns hat jemand von der Reinigungsfirma angerufen. Als die heute Morgen sauber machen wollten, haben sie den Inhaber tot aufgefunden", informierte Hauptkommissar Ender sie während der Fahrt.

Als sie ankamen, hielt bereits ein Streifenwagen im Hof. Neben zwei uniformierten Polizisten standen eine Frau und ein Mann in roten Arbeitskitteln, die das Emblem einer Reinigungsfirma zeigten. Die Frau redete gestikulierend auf die Polizeibeamten ein.

Sie gingen auf die Polizisten zu. „Wir haben veranlasst, dass keiner mehr das Gebäude betritt. Frau Tolgan hat den Toten gefunden."

Die Frau, auf die er deutete, hatte dunkle Haare und war etwa vierzig Jahre alt. Sie machte einen verwirrten Eindruck. „Ganz recht", bestätigte sie. „Als ich die Tür zu seinem Büro öffnete, lag er da. Mir ist vielleicht der Schreck in die Glieder gefahren. Ich habe so etwas noch nie erlebt. Ich bin völlig mit den Nerven fertig. Da denkt man an nichts Böses und dann das. Ich zittere immer noch."

„Das kann ich verstehen. Man findet ja nicht jeden Tag einen Toten. Ist es Jo Schnabel?", erkundigte sich Sibylle Rahn. „Kennen Sie ihn?"

„Er war öfter hier, wenn wir geputzt haben. Er ist es, daran besteht kein Zweifel."

„Haben Sie etwas angefasst?", hörte Ender nach.

„Nein, zuerst war ich wie vom Donner gerührt. Dann habe ich meinen Kollegen gerufen, der auch gleich gekommen ist. Wir waren beide nur an der Tür. Wir sind dann gemeinsam nach draußen und haben angerufen."

Der Mann im roten Kittel, der daneben stand, nickte bestätigend.

„Das haben Sie richtig gemacht", lobte Ender. „Dann wollen wir uns das mal ansehen, Frau Rahn", sagte er und betrat das Gebäude.

Sibylle Rahn folgte ihm.

Die Bürotür stand halb offen. „Wir bleiben hier draußen", erklärte der Hauptkommissar. „Sonst bekommen wir Ärger mit der Spurensicherung. Wir können es uns ja von hier ansehen."

Als Erstes sahen sie den toten Jo Schnabel am Boden liegen. Vielleicht wäre er im Gefängnis besser aufgehoben gewesen, dachte Sibylle Rahn. Er trug wieder das helle Muskelshirt und die helle Hose. Das dunkle, fast schwarze Blut stand im Kontrast zu seiner Kleidung. Er lag auf dem Rücken in einer Blutlache. In seiner Brust war eine Verletzung zu erkennen. Aus ihrer Sicht sah es so aus, als habe man ihn mit einer großkalibrigen Waffe erschossen.

In dem Büro herrschte ziemliches Durcheinander. Schreibtisch und Schränke standen offen. Offenbar war alles eilig durchsucht worden. Einige Schriftstücke lagen am Boden. Die Tür eines in die Wand eingelassenen Tresors war geöffnet.

„Möglicherweise ein Raubmord", vermutete Sibylle Rahn.

„Schon möglich", bestätigte Ender. „Was wohl in dem Safe war? Viele Bareinnahmen werden die jedenfalls nicht haben. Selbst die Getränke, die die hier verkaufen, werden doch meistens erfasst und einmal im Monat abgebucht. Das läuft doch heute alles bargeldlos. Außerdem hat doch heutzutage jeder eine Karte.

Wer überfällt schon ein Fitnessstudio. Da ist doch nichts zu holen. Vielleicht hat der nach etwas Bestimmten gesucht."

„Vielleicht hängt es mit den unerlaubten Anabolika zusammen. Oder es sollte der Anschein eines Raubmordes erweckt werden, und Schnabel wurde gezielt ermordet."

„Schon möglich. Aber eher unwahrscheinlich. Wie es aussieht, hat der Täter ihn gezwungen, den Tresor zu öffnen. Ich wüsste gern, was der Kerl gesucht hat."

„Oder die Frau", gab Sybille Rahn zu bedenken."

„Sie haben recht, Frau Rahn. Aber das hier sieht mir doch eher nach einem Mann aus. Oder ist das auch wieder so ein Klischee?"

„Nein, nein. Aber ich wollte zu Beginn nichts ausschließen."

„Ausschließen können wir gar nichts, vielleicht Suizid, oder sehen Sie hier eine Waffe?"

„Auf den ersten Blick nicht. Die Spurensicherung wird alles durchsuchen. Aber vermutlich hat sie der Täter, gehen wir einmal davon aus, dass es ein Mann ist, mitgenommen."

Die Tür der Eingangshalle ging auf. „Da kommen die Kollegen von der Spusi ja schon. Und da ist ja auch der Rechtsmediziner. Dann kann es hier ja weiter gehen." Ender begrüßte die Neuankömmlinge. „Wir würden uns gerne drinnen umsehen", bat er den Leiter der Spurensicherung.

„Ziehen Sie die bitte an", antwortete der und reichte Ender und Rahn Plastiküberzieher für die Schuhe. „Und fassen Sie da drin bitte nichts an. Aber wem sage ich das? Sie sind ja nicht zum ersten Mal an einem Tatort. Kommen Sie mit."

Sie folgten Notarzt und Spurensicherung in das Büro. Ender ging gezielt zum Tresor. „Wenn sich da drin Wertsachen befunden haben, hat er sie mitgenommen. Da ist nur noch Papierkram. Ah, das ist interessant. Sehen Sie sich das mal an."

„Was meinen Sie?", erkundigte sich Sybille Rahn. „Meinen Sie den Vertrag, der obenauf liegt."

„Ganz recht", bestätigte Ender. „Die Kopie eines Darlehnsvertrages. „Und sehen Sie mal das Fälligkeitsdatum."

„Das war ja vorgestern."

„Ja, das war vorgestern. Und da hätten wir auch schon ein Motiv."

„Sie meinen, er hätte das Geld hier im Tresor gelagert, und jemand hat davon Wind bekommen?"

„Das könnte natürlich auch sein. Aber daran habe ich nicht gedacht. Viel eher glaube ich, dass er das Geld nicht hatte, und man hat ihm die Geldeintreiber geschickt."

„Und die legen ihn gleich um?"

„Dem Kerl traue ich alles zu. Er kann es sich nicht leisten, dass ihn die säumigen Schuldner an der Nase herumführen."

„Wen meinen Sie?", fragte sie.

„Das Darlehn wurde mit der „EFin" geschlossen, der „Essener Finanzgesellschaft". An die wendet man sich nur, wenn man keine andere Möglichkeit mehr hat, an Geld zu kommen. Die verlangen horrende Zinsen, und die sind nicht zimperlich, wenn es darum geht, das Geld einzutreiben. Dahinter steckt Franz Bärmann, ein angesehenes Mitglied der Essener Gesellschaft, nach außen hin. Tatsächlich ist das aber ein mit allen Wassern gewaschener Gangster, der vor nichts zurückschreckt. Ich war schon mehrfach hinter ihm her, aber er ist aalglatt. Ich konnte ihm nie etwas nachweisen. Die Zeugen reden nicht, weil sie Angst haben. Und vordergründig sind die Darlehnsverträge auch in Ordnung. Die Zinsen sind auf dem Papier human. Die Wahrheit ist jedoch, dass die wirklichen Zinsen vorher der angeblich ausgezahlten Summe zugeschlagen werden.

Nehmen Sie nur diesen Vertrag. Die Darlehnssumme beträgt zweihunderttausend Euro. Ich bin sicher, dass Schnabel nur hundertachtzigtausend erhalten hat. Die übrigen zwanzigtausend sind Zinsen."

„Wenn Schnabel diesem Bärmann Geld schuldet, warum bringt der ihn dann um?", gab Sibylle Rahn zu bedenken.

Doch diesen Einwand ließ ihr Chef nicht gelten. „Dem sind die zweihunderttausend egal, das sind für den nur Peanuts. Aber er kann es sich nicht leisten, wenn sich herumspricht, dass er säumige Schuldner davonkommen lässt."

Sibylle Rahn konnte das nicht so recht einsehen. Selbst für einen hartgesottenen Gangster schien es nicht gerade logisch zu sein, einen Schuldner, der nur wenige Tage im Verzug war, umbringen zu lassen. Und warum ließ man dann den Vertrag so offen zurück? Logischerweise hätte man den doch mitgenommen, um keinen Hinweis auf Bärmann zu geben. Aber sie sagte nichts mehr dazu. Wie es schien, legte sich ihr Chef bereits jetzt fest. Offenbar hatte er noch eine Rechnung aus der Vergangenheit offen.

„Können Sie schon was sagen, Doc?", erkundigte sich Ender.

Der Arzt schaute auf. „Nicht sehr viel. Ein Schuss aus einer großkalibrigen Waffe. Vermutlich auf kurze Distanz, die Kugel ist nämlich im Rücken wieder ausgedrungen. Die Spurensicherung wird sie sicher irgendwo finden. Außerdem sind hier Schmauchspuren zu sehen. Er muss sofort tot gewesen sein. Todeszeitpunkt war gestern am späten Abend. Ansonsten nichts Auffälliges, wenn man davon absieht, dass er tot ist. Ein paar Verletzungen im Gesicht. Aber die sind schon älter."

Sibylle Rahn wusste, woher die stammten. „Die hat er sich bei seiner Verhaftung zugezogen", erläuterte sie.

„Es gibt keine Anzeichen für einen Kampf", informierte der Arzt weiter. „Wie Sie sehen, ist das Opfer recht gut beieinander. Bei einer körperlichen Auseinandersetzung wäre er durchaus imstande gewesen, sich zu wehren. Alles Weitere nach der Obduktion. Aber ich fürchte, viel mehr wird dabei auch nicht herauskommen."

Ender schaute auf die Uhr und wandte sich an Sibylle Rahn. „Wir haben noch etwas Zeit. Nach dem Essen suchen wir diesen Bärmann auf. Ansonsten gibt es hier für uns nichts mehr zu tun. Wir müssen die Berichte der Spurensicherung und der Rechtsmedizin abwarten."

„Reich mir noch ne Dose rüber, Fred."

„Das ist die letzte. Wir brauchen Nachschub. Diesmal bist du dran, Siggi. Am besten du gehst gleich los. Von hier ist es weiter als vom Busbahnhof."

„Dies ist doch ein freies Land, oder?"

„Das behaupten die immer. Wie kommst du denn jetzt da drauf?"

„Wenn das ein freies Land ist, wie können die uns dann verbieten, uns auf dem Busbahnhof aufzuhalten?"

„Er erteile uns einen unbefristeten Platzverweis, hat der Kerl in der blauen Uniform gesagt. Das ist eine bodenlose Frechheit, bei all dem, was wir schon für die Polizei getan haben. Das ist eine solche Ungerechtigkeit."

„Als ob wir die Fahrgäste belästigen, oder gar anschnorren würden. Das ist eine glatte Lüge."

„Hier ist es doch auch ganz schön."

„Aber es ist weiter, wenn wir Nachschub brauchen. Wenn wenigstens der Supermarkt dort drüben noch geöffnet hätte. Und es kommen viel weniger Leute hier vorbei. Da unten haben uns die Leute doch öfter mal einen Euro zugesteckt. Ganz freiwillig. Wir haben nur anständig gefragt."

„Sag mal, Siggi. Warum heißt das hier eigentlich Karl-Heinz Christian Platz?"

„Du kannst vielleicht blöde Fragen stellen. Das steht doch alles auf dem Schild. Der war doch mal Bürgermeister hier in Hachenburg. Du wirst dich doch wohl noch erinnern. Der hat uns sogar einmal einen ausgegeben."

„Jetzt wo du das sagst, fällt es mir wieder ein. Das war an Kirmes. Ein guter Mann. Er hat es verdient, dass man einen Platz nach ihm benennt."

„Dass er uns einen ausgegeben hat, war vermutlich nicht sein einziger Verdienst. Da wird schon noch was anderes gewesen sein."

„Trotzdem solltest du dich so langsam auf den Weg machen."

„Warte mal. Da drüben geht er."

„Wen meinst du, und warum sprichst du plötzlich so leise?"

„Nicht so laut, sonst hört er uns. Das ist der mit dem rumänischen Geld. Den wir beklaut haben."

„Dann sollten wir schnell abhauen, bevor er uns erkennt."

„Ganz im Gegenteil. Der Kerl ist zweitausend Euro wert."

„Weshalb ist der zweitausend Euro wert?"

„Du bist aber auch dermaßen schwer von Begriff. Die Belohnung! Jetzt ist er weg. Ich muss sehen, wo er hingeht."

Siggi eilte dem Mann hinterher. Aber in den engen Hintergassen fand er ihn nicht mehr. Mürrisch kam er zurück.

„Und?", fragte Fred.

„Nichts und. Er ist weg. Hätte ich mich doch nicht von deinem dummen Geschwätz aufhalten lassen."

„Vielleicht ist er in die Bücherei, ein rumänisches Buch holen."

„Manchmal redest du solch einen Blödsinn!"

„Sollten wir nicht die Polizei rufen? Die werden ihn schon finden."

„Kommt nicht infrage. Du kennst doch Leyendecker. Wenn der ihn findet, schreibt er das auf seine Fahnen, und wir schauen wieder in die Röhre.

Wenn wir den wiedersehen, greifen wir uns ihn. Wenn wir ihn festgenommen haben, kann uns Leyendecker die Belohnung nicht mehr verweigern."

„Wir fahren zu Baldenaysee", erläuterte Ender. „Dort hält sich Bärmann um diese Zeit im Normalfall auf. Da trifft er sich jeden Tag mit seinen Bekannten."

Sibylle Rahn gab sich mit dieser Erklärung zufrieden. Er würde ihr schon mehr erzählen, wenn er das für notwendig hielt.

Und tatsächlich fuhr der Hauptkommissar fort: „Bärmann stammt aus einer angesehenen Essener Familie. Sein Vater war einer der führenden Leute bei Krupp. Bärmann wurde sozusagen mit dem sprichwörtlich goldenen Löffel im Mund geboren, er hat die besten Internate besucht, mehrere Studiengänge begonnen aber nie einen abgeschlossen. Er hat alle möglichen Sportarten betrieben. Beim Rudern hat er es immerhin bis in den Endlauf der deutschen Meisterschaft geschafft. Als seine Eltern starben, haben die ihm ein beträchtliches Vermögen hinterlassen. Er lebt in einem luxuriösen Penthouse. Das ererbte Geld lässt er arbeiten, indem er es zu enormen Zinsen verleiht. Er beschäftigt in seinem Büro fünf Mitarbeiter. Dabei habe ich seine Geldeintreiber nicht mitgezählt. Aber da sind wir ja schon."

Vor ihnen lag das mächtige Klubhaus der *Ruderclubs am Baldenaysee*. Sie fanden leicht einen Parkplatz, denn um diese Zeit waren die nur spärlich besetzt.

„Lassen Sie uns zum See gehen", schlug Ender vor. „Da vorne ist eine Bank. Setzen wir uns. Er wird sicher bald auftauchen."

Es war schon ein schönes Fleckchen Erde. Sibylle genoss den herrlichen Ausblick über den See. Sie war erst einmal hier gewesen, nahm sich jedoch vor, in Zukunft öfter hierher zu kommen. Sie konnte sich vorstellen, dass an den Wochenenden hier richtig Betrieb herrschte.

Sie hatten sich kaum niedergelassen, da deutete Ender auf ein Ruderboot. „Das da vorne könnte er sein."

Sibylle Rahn erkannte einen Vierer, der auf sie zuhielt.

Als die Ruderer näher kamen, erklärte Ender: „Das im Heck ist Bärmann. Vor ihm, das ist ein ehemaliger Bürgermeister. Der Nächste ist der Seniorchef einer Warenhauskette. Im Bug sitzt der Direktor der Sparkasse, der im letzten Jahr ausgeschieden ist."

Eine illustre Gesellschaft, dachte Sibylle Rahn. Bärmann schien ja über weitreichende Beziehungen zu verfügen. Ob sich Ender gut überlegt hat, mit wem er sich da anlegt.

Als der Vierer anlegte, eilte Ender darauf zu, ergriff eins der Ruder und zog das Boot ans Ufer heran.

Der ehemalige Bürgermeister bedankte sich.

„Der will zu mir. Wollen wir wetten?", sagte Bärmann.

„In der Tat", bestätigte Ender. „Wie haben Sie das nur erraten?"

„Geben Sie mir wenigstens Zeit, mich zu duschen und umzuziehen. Sie können ja da oben auf der Veranda warten. Ich werde mal sehen, ob ich Kaffee für die junge Dame und uns alte Böcke auftreiben kann."

Eigentlich macht der Mann einen recht sympathischen Eindruck, dachte Sibylle Rahn. Und er sieht auch recht gut aus für sein Alter. Groß und durchtrainiert, mit kurz geschorenen grauen Haaren und aufmerksamen blauen Augen.

Sie hatten etwa eine Viertelstunde gewartet, da kam Bärmann auf sie zu. „Kaffee kommt gleich. Wir wurden uns noch nicht vorgestellt", sagte er zu Sibylle Rahn. „Mein Name ist Bärmann."

„Das ist Oberkommissarin Rahn", schaltete sich Ender ein.

„Wir hätten Sie gerne wegen eines Jo Schnabel gesprochen. Sagt Ihnen der Name was?"

„Wie immer, so kennt man Ender. Keine langen Vorreden und gleich mit der Tür ins Haus fallen. Jo Schnabel? Muss ich den kennen?"

„Er war Betreiber eines Fitnessstudios und hat sich bei Ihnen Geld geliehen. Klingelt es jetzt?"

„Lassen Sie mich überlegen. Ich habe so vielen, die in finanziellen Schwierigkeiten steckten, aus der Patsche geholfen."

„Und das völlig uneigennützig", unterbrach Ender.

„Seien Sie doch nicht so sarkastisch. Aber Sie haben recht. Irgendwie kommt mir der Name bekannt vor. Kann gut sein, dass wir ihm Geld geliehen haben. Sie sagten, dass er Betreiber eines Fitnessstudios war. Ist er das denn nicht mehr?"

„Er wurde gestern Abend erschossen."

„Oh, da will ich aber hoffen, dass er eine gute Lebensversicherung hat, damit seine Erben die Schulden bezahlen können. Und dann haben Sie nichts Besseres zu tun, als gleich bei mir aufzutauchen. Trauen Sie mir jetzt sogar einen Mord zu?"

„Sie wissen doch, dass ich Ihnen alles zutraue. Aber natürlich machen Sie sich nicht selbst die Hände schmutzig. Dafür haben Sie Ihre Leute."

„Was hätte ich davon, den Mann zu töten? Wie Sie selbst sagten, schuldet er mir Geld. Geld, das ich jetzt vermutlich abschreiben kann."

„Sie werden es verschmerzen. Ich kann mir zwei Szenarien vorstellen. Das erste wäre, Sie wollten ein Exempel statuieren. Aber viel wahrscheinlicher erscheint mir, dass das Geld eben fällig geworden war, und Schnabel hat nicht gezahlt. Sie schicken Ihre Gorillas, um ihm nachhaltig klarzumachen, dass mit Ihnen nicht zu spaßen ist. Dann läuft alles aus dem Ruder. Schnabel war ein Choleriker und unberechenbar. Das haben unsere Kollegen am eigenen Leib erfahren. Frau Rahn wird Ihnen das bestätigen. Schnabel rastet aus und greift Ihre Leute an. Schnabel war ein durchtrainierter Athlet. Ihre Männer werden überrascht und wissen sich nicht anders zu helfen, als ihn zu erschießen. Sozusagen ein Betriebsunfall. Wie gefällt Ihnen diese Geschichte?"

„Zweifellos haben Sie Fantasie, die kann man Ihnen nicht absprechen. Sie sollten Krimis schreiben. Aber können Sie ein Wort davon beweisen? Falls nicht, stehlen Sie mir nicht meine wertvolle Zeit." Bärmann stand auf und ließ die beiden Beamten einfach sitzen.

Sibylle Rahn merkte, wie es in Ender brodelte.

„Den Kerl hole ich noch von seinem hohen Ross herunter. Darauf können Sie sich verlassen."

Sibylle Rahn hatte an nächsten Morgen gerade an ihrem Schreibtisch platzgenommen, als Polizeidirektor Häbel grußlos in ihr Zimmer stürmte. Er hielt ein Exemplar der *Neuen Ruhr/Rhein Zeitung* in Händen.

Sibylle Rahn sprang auf, denn so oft verirrte sich ihr oberster Kriegsherr auch nicht in ihr Zimmer. „Guten Morgen Herr Polizeidirektor".

„Wo ist Ender?"

„Ist er nicht in seinem Zimmer?"

„Dann würde ich Sie nicht fragen. Bei mir steht das Telefon nicht mehr still. Er soll sich sofort bei mir melden." Mit diesen Worten warf er die Zeitung auf den Tisch und verließ ihr Zimmer.

Sibylle Rahn brauchte nur einen Blick auf den aufgeschlagenen Artikel zu werfen.

Die Spur führt zu angesehenem Essener Geschäftsmann

stand da zu lesen. Es wurde weiter ausgeführt, dass man am gestrigen Morgen den Inhaber eines

Fitnessstudios erschossen aufgefunden habe. Aus gut unterrichteten Kreisen habe die Redaktion erfahren, dass der Essener Geschäftsmann Franz B. ins Visier der Polizei geraten sei. Franz B. habe dem Toten Geld geliehen, das dieser nicht vereinbarungsgemäß zurückgezahlt hätte. Die Polizei vermute hier einen Zusammenhang.

Ender betrat das Zimmer. „Meine Tür stand offen. Hat jemand nach mir gesucht?"

Sein Blick fiel auf die aufgeschlagene Zeitung. „Ich kann mir denken, wer hier war. Er hat es also schon gelesen."

Sibylle verstand nicht so ganz, warum er dabei diebisch grinste. „Polizeidirektor Häbel möchte Sie sprechen. Er schien ziemlich aufgeregt."

„Der regt sich auch wieder ab. Manchmal muss man auf den Busch klopfen, um das Ungeziefer darunter hervor zu locken. Dann will ich den hohen Herrn nicht warten lassen." Ender ergriff die Zeitung und ging pfeifend davon.

Es dauerte etwa eine Viertelstunde, da meldete sich Ender zurück. Eigentlich hätte Sibylle Rahn erwartet, dass er zumindest zerknirscht schien, aber er wirkte eher gelassen und fröhlich.

„Nun fragen Sie schon", sagte er. „Ich sehe Ihnen doch an, dass Sie vor Neugier platzen."

„Also gut, wie ist es gelaufen?"

„Wie soll es schon gelaufen sein? Unser Bärmann hat einflussreiche Freunde, und das nutzt er weidlich aus. Wie unser Chef berichtet, hatte er schon zahlreiche Anrufe, die alle entrüstet sind, dass gegen den ach so ehrbaren Bürger ermittelt wird. Zu allem Überfluss hat sich auch noch der WDR gemeldet. Ich kann schon verstehen, dass er genervt ist. Ich habe allerdings gesagt, dass wir nur unsere Arbeit machen und dass wir nach wie vor in alle Richtungen ermitteln."

Eine Phrase, die immer gebraucht wird, wenn man sich nicht festlegen will, dachte Sibylle Rahn. Aber sie war sich sicher, dass Ender sich bereits festgelegt hatte. Ihrer Ansicht nach ermittelte er zu einseitig. „Hat er nicht gefragt, wie die Presse an Informationen gelangt ist?"

„Klar hat er gefragt. Ich habe natürlich gesagt, dass ich keine Ahnung hätte. Ob er mir das abgenommen hat, kann ich nicht sagen."

„Allzu viele kommen da ja nicht infrage." Sie war überzeugt, dass die Presse von Ender gezielt informiert worden war.

„Wie dem auch sei. In einem so großen Haus können die Informationen auf vielfältige Weise nach außen gelangen. Jedenfalls glaube ich, dass die Veröffentlichung uns nützt."

Ender verließ den Raum, um nach kurzer Zeit mit einigen Blatt Papier zurückzukommen. „Eben sind Schnabels Verbindungen von Handy und Festnetz gekommen. Die Kollegen haben bereits die Teilnehmer dazugeschrieben. Auf den ersten Blick scheint es sich überwiegend um geschäftliche Beziehungen zu handeln. Sie können ja mal drüber sehen, ob Ihnen da etwas bekannt vorkommt."

Sibylle Rahn nahm die Blätter und ging sie durch. Wie sie feststellte, hatte Schnabel häufig mit Karin Westermanns Handy telefoniert. Einmal hatte er auch über Festnetz unter der Nummer angerufen, die auf Rudolf Westermann registriert war.

Sie war schon in die nächsten Nummern vertieft, als sie zögerte und zu Westermanns Nummer zurückkehrte. Ja, tatsächlich, da stimmte etwas nicht. Sie griff zum Telefon.

Ulla Stein nahm den Anruf entgegen. „Polizei Hachenburg, Ulla Stein am Apparat."

„Sibylle Rahn, Polizei Essen. Guten Tag Frau Stein."

„Frau Rahn, schön, dass Sie anrufen. Nochmals vielen Dank für unsere freundliche Aufnahme in Essen. Hat sich in unserem Fall etwas Neues ergeben?"

„Das kann man so sagen, Frau Stein. Ich habe ein richtig schlechtes Gewissen, dass ich Sie erst jetzt informiere. Aber zunächst habe ich keine Verbindung zu Ihren Ermittlungen gesehen."

„Und das ist jetzt anders?"

„Möglicherweise. Jo Schnabel wurde gestern erschossen in seinem Studio aufgefunden. Mein Vorgesetzter ist fest davon überzeugt, dass es da um Schulden ging, die er bei einem bekannten Essener Kredithai hatte."

Ulla war zunächst völlig überrascht. „Und Sie sind anderer Meinung als Ihr Vorgesetzten?"

„Zumindest glaube ich, dass es noch andere Ermittlungsansätze gibt. Ich war eben dabei, Schnabels Telefonliste abzuarbeiten, und da ist mir aufgefallen, dass er auch unter Westermanns Festnetznummer angerufen hat."

„Wir wussten ja, dass er häufiger mit Karin Westermann telefoniert hat. Wir kannten allerdings nur die Gespräche vom Handy. Ich glaube nicht, dass es etwas zu bedeuten hat, dass er sie auch über Festnetz angerufen hat!"

„Das habe ich im ersten Moment auch geglaubt. Aber er hat letzten Samstag angerufen, da war sie längst tot."

„Das bedeutet, er hat nicht mit Karin, sondern mit Bernhard Westermann gesprochen hat. Das ist allerdings eine Überraschung. Was hat das wohl zu bedeuten? Ich werde ihn fragen. Vielen Dank für die Informationen. Wir bleiben in Verbindung."

Westermann öffnete ihr die Tür. „Hallo Frau Stein, Frau Klein hat Kirschkuchen gebacken. Setzen Sie sich doch zu uns und essen ein Stück mit und trinken eine Tasse Kaffee."

Jana Klein erhob sich, als Ulla eintrat.

Sie hat sich hier ja schon recht gut eingelebt, dachte Ulla. „Nein danke, ich möchte Sie nicht weiter stören. Ich habe lediglich ein paar Fragen."

„Dann kommen Sie doch herein und setzen sich. Aber eine Tasse Kaffee trinken Sie doch mit?"

Jana Klein ging unaufgefordert und holte noch eine Tasse, die sie einschenkte. Danach verließ sie das Zimmer wieder.

Westermann sah sie auffordernd an. „Was führt Sie denn nun zu mir? Wie kann ich Ihnen helfen?"

Ulla entschloss sich, nicht lange herumzureden, sondern gleich zur Sache zu kommen. „Jo Schnabel wurde erschossen."

„Jo Schnabel?", Westermann überlegte. „Richtig, das war doch der Inhaber dieses Fitnessstudios, in dem meine Frau trainiert hat. Und deshalb kommen Sie zu mir?"

„Wir gehen davon aus, dass Ihre verstorbene Frau ihn näher kannte. Jedenfalls hat sie öfter mit ihm telefoniert. Hatten Sie ebenfalls Kontakt zu ihm?"

„Ich wusste, wer das war. Mehr aber nicht. Ich hatte nie irgendwelchen Kontakt mit ihm. Warum auch?"

„Sie haben auch nie mit ihm telefoniert?"

„Nein, warum fragen Sie so hartnäckig? Glauben Sie, ich hätte etwas mit seinem Tod zu tun?"

„Laut seinem Verbindungsnachweis hat er Sie kürzlich angerufen."

„Das muss ein Irrtum sein. Das wüsste ich ja wohl. Wann soll das denn gewesen sein?"

„Am Samstag, gegen fünfzehn Uhr."

„Hat er auf mein Handy oder aufs Festnetz angerufen?"

„Auf den Festnetzanschluss."

„Sehen Sie, das kann überhaupt nicht sein. Ich war gar nicht zuhause. Also kann er auch nicht mit mir gesprochen haben."

„Darf ich fragen, wo Sie waren?"

„Gerne, ich war von Samstag bis vorgestern mit Jagdfreunden verabredet. In Cochem an der Mosel. Das Schwarzwild nimmt da überhand. Es liegen dort doch einige Weinberge brach. Fantastische Verstecke für die Tiere. Die sind da kaum zu bejagen. Man ist froh über jedes Stück, was dort erlegt wird. Deshalb lädt man auch immer wieder Gastjäger ein."

„Und Sie waren auch die ganze Zeit dort?"

„Die ganze Zeit. Ich kann Ihnen gerne die Namen der anderen geben. Ich bin Samstag am frühen Morgen losgefahren und gestern Nachmittag zurückgekommen. Mein Alibi ist zwar nicht lückenlos. Aber um nach Hause zu fahren und ausgerechnet dann ein Gespräch von diesem Schnabel anzunehmen, dazu hätte es dann doch nicht gereicht."

„Wie sieht es aus mit Montagabend? Haben Sie da ein Alibi?"

„Die Tage sind immer gleich verlaufen. Wir wohnten im Hotel Hieronimi, zu dem auch ein Restaurant gehört. Morgens haben wir zusammen gefrühstückt. Danach haben wir uns wieder zum Mittagessen getroffen. Gegen Abend sind wir gemeinsam losgezogen und haben uns für die Jagd postiert. Dabei hatten wir zwar nicht immer unmittelbaren Kontakt. Aber keiner von uns hätte seinen Platz für längere Zeit verlassen können, ohne dass die anderen etwas gemerkt hätten. Nachdem das Büchsenlicht nicht mehr ausreichte, haben wir uns dann getroffen und sind zurückgekehrt. Die Wirtin war so freundlich und hat uns immer ein Abendbrot vorbereitet. Wir haben dann noch bei einem Glas Wein zusammengesessen, bevor wir ins Bett gegangen sind. Es war ein sehr schöner Jagdausflug, den wir demnächst wiederholen werden. Wir haben dort nämlich Muffelwild gesichtet. Vermutlich sind die vor Jahren einmal aus einem Gehege ausgebrochen und haben sich dort vermehrt. Jetzt haben die noch Schonzeit, aber die endet bald."

Ulla ließ sich die Namen der Jagdteilnehmer geben. Sie war gerade dabei zu gehen, als ihr noch eine Frage einfiel. „Sie haben doch sicher einen Anrufbeantworter. Auch darauf hat sich Schnabel nicht gemeldet?"

„Da war keinerlei Anruf gespeichert."

„Und Rufumleitung auf Ihr Handy?"

„Ich weiß gar nicht, ob das mit dieser Anlage überhaupt möglich ist. Ich habe es nie versucht."

Kapitel 7

Der Mann, der Sibylle Rahns Zimmer betrat, mochte etwa fünfundfünfzig Jahre alt sein. Er war klein und schmächtig mit lichten, angegrauten Haaren. Er trug einen leichten grauen Sommeranzug. In der Hand hielt er einen Tirolerhut, den er recht malträtierte, denn er knetete ihn unablässig. Er stellte sich als Edmund Winter vor.

„Was kann ich denn für Sie tun, Herr Winter?", erkundigte sie sich.

„Ich wollte mit jemand sprechen, der mit dem Fall des ermordeten Fitnessstudiobesitzers zu tun hat."

„Können Sie etwas zur Aufklärung beitragen?"

Verlegen drehte er den Hut weiter von einer Hand in die andere. „Ich weiß nicht so recht. Eigentlich ja nicht."

„Nun nehmen Sie erst einmal Platz, Herr Winter, und dann erzählen Sie von Anfang an." Sibylle Rahn zeigte auf den Stuhl, der vor ihrem Schreibtisch stand.

„Sie müssen wissen, ich bin Pächter einer kleinen Gaststätte. Nichts Besonderes, aber meine Frau und ich konnten davon leben. Das änderte sich, als das Bauamt bei uns erschien, oder besser gesagt beim Hauseigentümer. Die haben

sich alles genau angesehen, vor sich hin ge-
brummelt und sind dann wieder gegangen. Etwa
zwei Wochen später erhielt der Eigentümer Post
vom Bauamt. Darin wurden die verschiedensten
Verstöße gerügt. In erster Linie handelte es sich
um Verstöße gegen die Brandschutzbestimmun-
gen. Es ging um neue Stromleitungen, feuer-
hemmende Türen und andere Auflagen. Da der
Eigentümer auch ein armer Schlucker ist, er lebt
von den Einnahmen dieses Hauses, aber ihm
bleibt nach Abzug aller Verbindlichkeiten kaum
etwas zum Leben, sah er sich außerstande die
Auflagen zu erfüllen.

Was sollte ich machen? Wir betreiben die
Gaststätte seit etwa zwanzig Jahren. Wenn wir
die geschlossen hätten, wären wir unweigerlich
bei Hartz IV gelandet. Denn in meinem Alter
hätte niemand mich mehr eingestellt. Der Eigentümer konnte oder wollte die Umbauten nicht
zahlen. Was bleib mir anderes übrig, ich musste
die Umbauten selbst in Auftrag geben.

Allerdings hatte ich nicht erwartet, dass die
Banken sich so querstellen würden. Die haben
alle erklärt, dass ich nicht kreditwürdig sei und
keinerlei Sicherheiten vorzuweisen hätte.

In meiner Verzweiflung habe ich mich dann
an die EFin gewandt. Die waren auch bereit, mir
das Geld zu leihen. Allerdings waren die Zinsen
astronomisch. Ich habe das Geld genommen. Das
war ein Riesenfehler. Ich hätte von vornherein
wissen müssen, dass ich nie in der Lage sein

werde, es jemals zurückzuzahlen. Übermorgen wird das Geld fällig, und ich habe Angst, dass es mir oder meiner Frau so wie den Studiobetreiber geht." Winter machte eine Pause und atmete tief durch. Er schien erleichtert zu sein, dass er sich das alles von der Seele geredet hatte.

„Es ist gut, dass Sie gekommen sind", erklärte Sibylle Rahn. „Sie wissen schon, dass wir in einem solchen Fall eigentlich nicht tätig werden können, bevor etwas passiert ist. Aber wir sollten mit meinem direkten Vorgesetzten, Herrn Ender, reden und gemeinsam überlegen, was wir für Sie tun können."

Ender war hocherfreut, als Sybille Rahn mit Winter zu ihm kam und den Fall kurz schilderte. Hatte er doch die Hoffnung, nunmehr etwas Handfestes gegen Bärmann zu erhalten.

„Sie wären also bereit, gegen die EFin auszusagen?" Als Winter zögerte, fügte er hinzu. „Wir schützen Sie. Das verspreche ich Ihnen."

„Sie konnten diesen Studiobetreiber auch nicht schützen."

„Der hat sich auch nicht an uns gewandt. Aber Sie haben schon recht, niemand kann Ihnen hundertprozentigen Schutz bieten. Aber das Risiko ist überschaubar. Es ist ja nicht so, dass die darauf aus sind, jeden umzubringen, der ihnen irgendwie in die Quere kommt. Aus unserer Sicht war die Sache mit Jo Schnabel eher so eine Art Betriebsunfall. Aber diesen Leuten muss so oder so das Handwerk gelegt werden. Schon allein deshalb, um harmlose Leute wie Sie zu schützen."

„Was muss ich tun?", fragte Winter nach kurzer Überlegung.

„Zunächst sollten Sie die Ruhe bewahren. Bis übermorgen haben Sie ja ohnehin noch Zeit. Ich gebe Ihnen meine Karte mit. Ich schreibe auch meine Privatnummer darauf. Rufen Sie mich sofort an, wenn Sie irgendetwas von denen hören. Außerdem werden wir Sie und Ihre Frau im Auge behalten."

Sibylle Rahn merkte, dass Winter nicht so wirklich beruhigt war. Aber was wollte er schon machen? Er war nicht in der Lage, das Geld aufzutreiben, und da war eine Zusammenarbeit mit der Polizei das kleinere Übel. Schließlich nahm er seufzend die Karte an sich und verabschiedete sich.

„Ich glaube, jetzt haben wir ihn", freute Ender sich.

Sibylle Rahn glaubte immer noch, dass Ender zu einseitig ermittelte. „Meinen Sie nicht, wir sollten auch den Handel mit den Steroiden näher ins Auge fassen? Und da sind auch noch die Kollegen vom Westerwald die im Fall Karin Westermann ermitteln. Könnte der Tod Schnabels nicht auch damit zu tun haben?"

Aber Ender ging nicht weiter darauf ein. „Eins nach dem anderen. Zunächst konzentrieren wir uns auf diesen Bärmann."

Am Nachmittag suchte erneut ein Mann Sibylle Rahn auf. Er war klein und bullig, trug eine ärmellose Jeansweste, eine schwarze Lederhose und Motorradstiefel. Am auffälligsten waren die vielen Tätowierungen, die an Armen und Hals zu sehen waren. Mit sich führte er eine Einkaufstüte aus Plastik.

Es stellte sich heraus, dass er so eine Art Hausmeister bei einer Werkzeugfabrik war, die in unmittelbarer Nähe von Schnabels Studio lag.

„Ich weiß nicht, ob das für Sie von Bedeutung ist", sagte er, während er sich hinsetzte. „Aber seit Dienstag ging mir dauernd im Kopf herum, dass ich irgendetwas gesehen habe, dem ich aber zunächst keine Bedeutung beigemessen habe. Eben ist mir wieder eingefallen, was das war. Bei uns im Müll lagen am Dienstagmorgen zwei Handschuhe, wie sie auch mein Tätowierer verwendet. Bei uns in der Firma benutzt niemand solche Handschuhe. Ich habe mir zunächst nichts dabei gedacht. Aber irgendetwas muss mir dabei seltsam vorgekommen sein, sonst hätte ich mich ja nicht vorhin daran erinnert. Zum Glück ist der Müll noch nicht abgeholt worden. Ich habe vorhin nach den Handschuhen gesucht und Glück gehabt. Ich habe sie tatsächlich gefunden." Er legte die Plastiktüte auf ihren Schreibtisch. „Da sind sie drin."

Wie oft hatten schon Kleinigkeiten den entscheidenden Hinweis zur Aufklärung von Verbrechen gegeben. Für diese Handschuhe mochte es eine völlig andere Erklärung geben, aber was wäre, wenn der Täter sie benutzt hätte. „Wir sind für jeden Hinweis dankbar", erklärte Sibylle Rahn. Sie nahm die Personalien des Mannes auf. „Möglich, dass wir uns noch einmal bei Ihnen melden, vorerst einmal vielen Dank."

Sie brachte die Tüte selbst zur kriminaltechnischen Untersuchung.

„Es tut dem alten Z3 ganz gut, wenn er mal wieder etwas Auslauf hat", sagte Leyendecker. „Er steht ja sonst doch meistens in der Garage. Kannst du dich erinnern, wann wir mit ihm das erste Mal die Mosel entlang gefahren sind?"

„Sehr genau sogar", erwiderte Ulla. „Das war bei unserem ersten gemeinsamen Fall in Hachenburg. Wir waren damals in Schweich bei diesem gelähmten Computerspezialisten."

„Es ist immer wieder schön hier an der Mosel. Wir haben Glück. Das Wetter spielt mit. Als du mir von Westermanns Alibi erzählt hast, habe ich mir gedacht, warum sollten wir nicht das Angenehme mit dem Nützlichen verbinden? Ich habe daher angerufen, und ein Zimmer war noch frei. Wir haben ja noch genug Überstunden, die wir abfeiern können, und die Ermittlungen zu unserem Mordfall sind ja ohnehin etwas ins Stocken geraten. Wer weiß, ob wir den jemals aufklären. Falls etwas ist, Höbel hält ja die Stellung in Hachenburg."

Auf dem hoteleigenen Parkplatz stellten sie den Roadster ab. Bis zum Hotel Hieronimi waren es nur wenige Schritte. Das Hotel lag direkt an der Uferstraße in unmittelbarer Nähe der Mosel. Leyendecker erklärte an der Rezeption, dass er reserviert habe. Man brachte sie zu einem Zimmer, das nicht luxuriös, aber freundlich und sauber war.

„Ich denke, wir sehen uns erst einmal in der Stadt um", schlug Ulla vor. „Vielleicht können wir später eine Kleinigkeit essen."

Die Stadt Cochem hatte in etwa so viele Einwohner wie Hachenburg, aber ungleich mehr Besucher. Es wimmelte nur so von Urlaubern. Insbesondere der Marktplatz mit den historischen Fachwerkhäusern schien Menschen aus aller Herren Länder anzuziehen. Das romantische Tal der Mosel hatte offenbar nichts von seiner Anziehungskraft verloren. Leyendecker hatte den Eindruck, dass die Niederländer hier in der Mehrheit waren.

Sie ließen sich allerdings nicht von der allgemeinen Hektik anstecken und sahen sich in aller Ruhe in dem Städtchen um.

„Die haben doch hier eine Sesselbahn", sagte Ulla. „Lass uns damit auf den Berg fahren. Der Ausblick von da oben ist sicher sehr schön."

Sie mussten sich bei der Talstation etwa eine Viertelstunde anstellen. Aber das machte ihnen nichts aus. Sie hatten ja reichlich Zeit. Allerdings empfand Leyendecker den Fahrpreis von 6,90

Euro pro Person als recht happig. Aber Ahnung, was so etwas üblicherweise kostet, hatte er nicht wirklich.

Die Aussicht, die sich ihnen bot, als sie an der Bergstation ankamen, war das Geld aber wert. Der Blick über die Burg, die Stadt und die Mosel war fantastisch.

„Die haben hier draußen ja ein Café", freute sich Ulla. „Komm wir setzen uns einen Moment hin und essen ein Stück Kuchen."

Sie mussten etwas suchen, aber schließlich fanden sie doch noch zwei freie Plätze. Ulla bestellte sich ein Stück Sahnetorte. Leyendecker begnügte sich mit einem Kaffee.

„Ulla deutete zum Himmel. „Sieh mal, was für ein großer Vogel. Der sieht fast aus wie ein Adler. Haben die nicht eine Falknerei auf der Burg?"

„Der hat sich sicher verflogen. Die Falknerei hat 2016 dichtgemacht. Ich nehme an, er gehört zum Wild und Freizeitpark Klotten, der ist nicht weit entfernt. Die Falknerei dort existiert noch."

Der Tag verging wie im Fluge. Nachdem sie sich frisch gemacht hatten, suchten sie das hoteleigene Restaurant auf. In weiser Voraussicht, dass es abends doch recht frisch werden konnte, hatten sie sich warme Jacken eingepackt. So konnten sie ihr Abendessen auf der Terrasse genießen, von wo sie einen Ausblick auf die Burg und auf die Mosel hatten.

Leyendecker, der inzwischen doch Hunger hatte, bestellte sich ein Steak und trank dazu ein Bier, obwohl sie sich ja in einer Weingegend befanden und zum Hotel auch ein Weinbaubetrieb gehörte.

Ulla war da wohl etwas stilvoller, denn sie trank zu ihrer Pute einen Riesling.

Später winkte Leyendecker die Kellnerin heran und zeigte ihr auf seinem Handy ein Bild Westermanns.

„Der Herr war erst letztes Wochenende mit Freunden hier. Das waren wohl Jäger. Die sind hier gerne gesehen. Es sind gute Kunden. Sie haben bereits wieder gebucht."

Sie bestätigte, dass sich die Herrschaften regelmäßig gegen elf Uhr hier getroffen hätten.

„Eigentlich hatte ich nichts anderes erwartet", sagte Leyendecker später zu Ulla, „denn er hat jedes Mal ein astreines Alibi. Gerade das ist auffällig."

„Uns war doch klar, dass er einen Helfer hat. Wenn er wirklich etwas mit dem Tod Schnabels zu tun hat, müssen wir unsere Ansicht, dass dieser Helfer längst wieder in Rumänien ist, wohl revidieren. Vielleicht haben der Tod Karin Westermanns und Jo Schnabels auch nichts miteinander zu tun. Die Essener Kollegen gehen ja davon aus, dass es um Geldgeschäfte geht. Und da ist ja noch der Handel mit den Steroiden. Das mit dem Anruf, den er ja wohl tatsächlich nicht erhalten hat, bleibt trotzdem seltsam."

„Ab sofort haben wir Urlaub", erklärte Leyendecker kategorisch. „Morgen fahren wir die Mosel aufwärts nach Traben-Trarbach, Bernkastel-Kues bis nach Trier. Vielleicht auch bis Luxemburg."

„Sie haben ein paar Handschuhe untersuchen lassen, Frau Rahn?"

„Ganz recht, Herr Ender. Der Hausmeister einer Fabrik in der Nähe von Schnabels Studio hat sie in einer Mülltonne gefunden. Man soll ja nichts unversucht lassen. Vielleicht haben wir ja Glück."

„Herzlichen Glückwunsch. Sie haben da wohl einen Volltreffer gelandet. Man hat daran Schmauchspuren festgestellt. Aber was noch viel besser ist, im Inneren der Handschuhe fanden sich Fingerabdrücke. Und man konnte die sogar zuordnen. Sie gehören einem rumänischen Staatsbürger, den man aufgrund eines Einbruchdelikts vor zwei Jahren erkennungsdienstlich behandelt hat. Er heißt Cornel Gunnesch und stammt aus einem kleinen Örtchen namens Stabil."

„Das ist ja prima. Auch wenn das wohl gegen die Theorie spricht, dass Bärmann dahinter steckt."

„Ganz im Gegenteil. Bärmann rekrutiert seine Leute von überall her. Warum sollte nicht auch ein Rumäne dazugehören? Gunnesch wurde bereits zur Fahndung ausgeschrieben. Das Darlehn von diesem Winter ist inzwischen fällig. Wenn wir Glück haben, schickt Bärmann den Rumänen auch zu ihm. Er weiß ja nicht, dass wir hinter ihm her sind. Im Übrigen sollten wir zwei uns heute Abend einmal unauffällig in Winters Kneipe umsehen. Wir treffen uns um sieben Uhr."

„Frau Rahn hat angerufen", berichtete Höbel Ulla und Leyendecker. „Die Kollegen in Essen haben einen Tatverdächtigen im Mordfall Schnabel. Man hat wohl Fingerabdrücke gefunden.

Es handelt sich um einen Rumänen namens Cornel Gunnesch. Er stammt aus einem kleinen Ort mit Namen Stabil. Ich habe nachgeforscht. Das Örtchen liegt in der Nähe von Sibiu. Der Mann wurde zur Fahndung ausgeschrieben."

„Wir sollten das Fahndungsfoto mit unserem Tatverdächtigen vergleichen", schlug Ulla vor.

„Eine gute Idee", pflichtete Leyendecker bei. „Ich werde es gleich mal aufrufen. Da ist es ja schon."

„Kann man unser Foto einmal danebensetzen?", fragte Ulla.

„Das geht sicher irgendwie, nur ich alter Mann bin damit überfordert."

„Lassen Sie mich mal versuchen", bat Höbel. „Da haben wir es ja schon. Sehen Sie selbst."

„Wenn man sich Hut, Bart und Brille wegdenkt, ist eine gewisse Ähnlichkeit da. Aber er ist es nicht, schade."

„Trotzdem landen wir wieder in Rumänien", erklärte Ulla. „Aus dieser Gegend stammt auch Westermann. Es fällt mir immer schwerer, da an einen Zufall zu glauben."

„Es kann tatsächlich Zufall sein. Wer weiß das schon. Er wurde ja zur Fahndung ausgeschrieben. Wenn der Kerl gefasst wird, erfahren wir vielleicht mehr."

In Winters Kneipe schien die Zeit stillzustehen. Das Mobiliar war wohl aus den Fünfzigern des letzten Jahrhunderts. Hinter der etwa drei Meter breiten Theke sah man einfache Vitrinen, in denen die Gläser standen. Davor standen fünf dreibeinige Hocker. Die schweren Stühle, auf die sie sich setzten, waren grob zusammengezimmert. Die Resopaloberfläche des Tisches war blankgescheuert.

An der Theke saßen drei Männer, die irgendein Würfelspiel spielten. Sie sprachen kein Wort, nur ab und zu hob einer die Hand, was für die Frau hinter der Theke das Zeichen war, erneut drei Bier einzuschenken. Dieses Zeichens hätte es vermutlich nicht bedurft, denn die Frau sah dem Spiel aufmerksam zu.

Die Wirtin, das war wohl die Frau hinter der Theke, war das genaue Gegenteil ihres Mannes. Sie war mehr als einen Kopf größer und sicher auch fünfzig Kilo schwerer als der schmächtige Winter. Die kleinen Biergläser verschwanden fast gänzlich in ihren fleischigen Händen.

Die Würfelspieler hatten nur kurz aufgesehen, als Rahn und Ender eintraten, und waren dann wieder in ihr Spiel vertieft.

Auch die Wirtin verzog keine Mine. Obwohl die beiden keine normalen Gäste sein konnten, denn insbesondere Sibylle Rahn war völlig overdressed.

Sie kam auf sie zu. „Was darf es sein?"

„Ich hätte gerne einen Weißwein, einen trockenen bitte", bat Sibylle Rahn.

„Wir haben nur eine Sorte. Ich glaube, der ist eher lieblich. Hier wird nicht oft Wein getrunken. Wollen Sie ihn trotzdem?"

„Ich denke, ich versuche ihn mal."

„Einen Weißwein, und der Herr?"

Ender bestellte ein Bier.

„Kommt sofort. Möchten die Herrschaften eine Kleinigkeit essen? Eine Brühwurst oder eine Frikadelle?"

„Im Augenblick nicht", verneinte Ender. „Wir kommen vielleicht später auf Ihr Angebot zurück."

Die Wirtin brachte die Getränke. „Wohl bekomm´s". Dann eilte sie erstaunlich behände hinter den Tresen zurück, wo sie das Treiben der Würfelspieler weiter interessiert verfolgte.

„Für den Laden hätte ich mich nicht verschuldet, zumal der ihm noch nicht einmal gehört", fand Ender. „Es macht nicht den Eindruck, dass man hier seinen Lebensunterhalt sicherstellen kann."

„Ich nehme mal an, dass die beiden an der Kneipe hängen und bescheiden leben."

„Umso schlimmer, dass dieser Gauner Bärmann sie noch um den kargen Verdienst bringt. Dem Kerl muss endlich das Handwerk gelegt werden."

Winter kam herein. Er zögerte einen kurzen Augenblick, als er die beiden Kriminalbeamten sah, und machte Anstalten, zu ihnen an den Tisch zu kommen. Ender gab ihm zu verstehen, dass sie inkognito bleiben wollten. Beim nächsten Bier für Ender kam er jedoch an den Tisch. „Die drei da vorne sind unverdächtig. Ich kenne die schon jahrelang."

„Wir sollten hier keinerlei Aufmerksamkeit erregen. Haben Sie etwas von Bärmann oder seinen Leuten gehört?", erkundigte sich der Hauptkommissar. Als Winter verneinte, sagte er: „Ich wette, es wird nicht mehr lange dauern, bis die sich melden. Ich habe so ein Gefühl, dass das noch heute Abend ist."

Einen Wein und fünf Bier später warteten sie immer noch vergeblich. „Ich glaube, heute Abend passiert nichts mehr", vermutete Ender, dessen Sprache schon etwas undeutlich war. „Lassen Sie uns das hier abbrechen. Morgen ist auch noch ein Tag."

Er war mit dem Satz gerade fertig, als die Tür aufging und zwei Männer die Gaststätte betraten, die hier noch auffälliger als Ender und Rahn waren. Sie waren beide in dunkle Anzüge gekleidet.

Auch die dunklen Sonnenbrillen waren hier drinnen wohl eher fehl am Platz.

In welchem Film sind wir denn hier gelandet?, dachte Sibylle Rahn. „Sind das nun Jake und Elwood von den Blues Brothers oder Winfield und Vega aus Pulp Fiction?", raunte sie ihrem Vorgesetzten zu.

Der schien allerdings nicht zu verstehen, was sie damit meinte. Wie es aussah, war er wohl ein Filmmuffel. „Das müssen sie sein. Es wird sicher gleich losgehen."

Die beiden ließen sich einem der leeren Tische nieder und winkten nach der Wirtin, die sich zögernd näherte.

„Bringen Sie uns ein Wasser und ein Glas Wein. Ich hoffe, das überfordert Sie nicht," forderte der kleinere der beiden.

Als Frau Winter das Gewünschte brachte, nippte er nur kurz an dem Wein und spuckte ihn gleich wieder aus. „Was ist das denn für eine Plörre? Wollen Sie mich vergiften?"

„Pfui Teufel, das Glas ist ja dreckig", maulte der größere und kräftigere von ihnen und schleuderte es hinter die Theke, wo das Glas einer Vitrine lautstark zersplitterte.

Die Würfelspieler zuckten zusammen und unterbrachen tatsächlich ihre Tätigkeit. Einer stand auf und kam mit etwas wackeligen Schritten auf die beiden zu. „Was ist das für ein Benehmen? Haben Sie denn keine Kinderstube genossen?"

Der Kräftige packte den Gast bei den Schultern und stieß ihn grob zurück, woraufhin er krachend auf seinem Stuhl landete. „Wage es nicht, noch einmal aufzustehen, du Wicht! Sonst wirst du mich kennenlernen. Sind Sie der Chef von diesem Saftladen?", fragte er in Richtung Winter, ging auf ihn zu, packte ihn am Kragen und schüttelte ihn durch.

„Ist der Akzent, mit dem er spricht, rumänisch?", fragte Ender.

„Ich weiß es nicht. Für mich klingt der eher osteuropäisch. Polnisch oder Russisch vielleicht", erwiderte Sibylle Rahn, der die Sache inzwischen nicht mehr geheuer war. Die Angelegenheit schien sich zu verselbstständigen. „Ich glaube, das spielt jetzt aber auch keine Rolle. Sollten wir nicht eingreifen?"

„Warten wir noch ab", erklärte Ender. „Bisher haben wir noch keine Verbindung zu Bärmann."

„Hast Du nicht irgendwas vergessen", fragte der Kerl den immer noch in seinen Händen zappelnden Winter. „Ich helfe dir mal auf die Sprünge. Hast du etwa vergessen, das Geld zurückzuzahlen, das man dir großzügigerweise geliehen hat? Das ist eine schlimme Sache. Was sollen wir denn nur mit dir machen?"

Dann ging alles ganz schnell, sodass sich Sibylle Rahn später nur bruchstückhaft daran erinnern konnte.

Auf einmal hielt Frau Winter einen Baseballschläger in der Hand. Sie stieß einen ohrenbetäubenden Schrei aus, stürmte auf den Angreifer zu und schlug ihm den Schläger mit voller Wucht über den Rücken, woraufhin der sichtlich überrascht auf die Knie fiel.

Gleichzeitig war der andere Anzugträger aufgesprungen und wollte sich auf die Wirtin stürzen. Aber er hatte die Rechnung ohne die drei Würfelspieler gemacht. Mit lautem Gejohle warfen die sich auf ihn. Aber sie hatten es mit einem geübten Kämpfer zu tun. Geschickt machte er einen Schritt zur Seite, und der erste Spieler lief ins Leere. Er versetzte ihm noch einen Stoß in den Rücken, sodass er auf den Tisch der beiden Polizisten zuschoss und krachend darauf aufschlug, wo er dann stöhnend liegen blieb. Den zweiten Würfelspieler traf ein Tritt in den Magen, der daraufhin wie ein Taschenmesser zusammenklappte. Der letzte fiel schließlich einem Handkantenschlag zum Opfer.

Der niedergeschlagene Anzugträger hatte sich inzwischen wieder aufgerappelt und rang mit der Wirtin um den Baseballschläger. Winter stand regungs- und fassungslos daneben.

„Sofort aufhören!" schrie Ender und sprang auf. „Polizei." Doch seine Rufe gingen im allgemeinen Tumult unter. „Aufhören!", schrie er erneut, riss seine Pistole aus dem Halfter und feuerte in die Decke, von der Verputz herabrieselte.

Schlagartig war die Keilerei zu Ende. Die Kneipe war nur noch ein Trümmerhaufen. Tische und Stühle lagen kreuz und quer. Einige davon waren zerbrochen. Dazwischen lagen die Würfelspieler. Ender richtete seine Waffe auf die beiden Anzugträger. „Nehmen Sie die Hände hoch! Sofort!" Widerwillig wurde seiner Aufforderung gefolgt.

„Sehen Sie nach, ob die beiden Waffen haben, Frau Rahn."

Neben den Brieftaschen der beiden, zwei Schlagringen und einem Klappmesser förderte Sibylle Rahn auch eine Pistole zutage. „Eine Neun-Millimeter", sagte sie. „Vielleicht haben wir da unsere Tatwaffe." Sie legte die Waffen auf die Theke und sah nach den Ausweisen. „Kein Rumäne", stellte sie fest. „Sie haben beide einen deutschen Personalausweis. Der Dicke kommt ursprünglich aus Russland."

Ender griff zum Handy. „Ich rufe einen Streifenwagen. Wir stecken sie erst mal ins Loch. Wir werden sie schon zum Reden bringen."

Kapitel 8

„Es war eine gute Idee, einmal in der Woche einen Weintag einzulegen. Meinst du nicht auch?"

„Da hast du recht, Fred", stimmte Siggi seinem Kumpan zu. „Man muss nicht so oft pinkeln. Und teuer ist das Zeug auch nicht. Gerade einmal eineinhalb Euro für eine Literflasche. Dann ist da auch noch der praktische Schraubverschluss. Das gibt keine solche Sauerei wie mit diesen Tetrapaks. Hol mal die nächste Flasche aus der Tüte. Halt warte. Da vorne geht unsere Belohnung."

„Wie meinst du das, Siggi?"

„Mann, bist du schwer von Begriff. Siehst du den denn nicht? Dieser Rumäne. Da vorne ist er. Er geht gerade in die Bachstraße."

„Sollten wir da nicht die Polizei anrufen?"

„Mein Handy ist nicht aufgeladen. Ich musste mich zwischen dem Wein und dem Kartenguthaben entscheiden."

„Ich habe mal gehört, dass die 110 auch ohne Guthaben funktioniert."

„Das ist jetzt auch egal. Ich habe nicht die Absicht, die Polizei anzurufen, damit Leyendecker wieder die ganzen Lorbeeren erntet. Quatsch nicht herum! Hinterher! Den schnappen wir uns. Und nimm die Flasche mit!"

Sie rannten los. Als sie in die Bachstraße kamen, war von dem Fremden nichts mehr zu sehen.

„Verdammt, er ist weg", bemerkte Fred zutreffend.

„Weit kann er nicht sein", sagte Siggi. „Vielleicht ist er da vorne abgebogen. Da, wo es zu diesem Neubau mit den Eigentumswohnungen geht."

„Ob er darin kampiert."

„Das glaube ich nicht. Dort wird doch ständig gearbeitet. Komm weiter."

Als sie vor dem Medienhaus in der Seilerstraße ankamen, sahen sie ihn gerade nach rechts abbiegen.

„Da unten ist er!", rief Fred. „Er biegt ab. Ob er wohl zum Friedhof will? Vielleicht hat er sein Auto auch auf den Parkplätzen oberhalb des Friedhofs geparkt. Was machen wir jetzt?"

„Wir folgen ihm unauffällig. Wenn wir dann bei ihm sind, halte ich ihn fest, und du ziehst ihm eins über."

„Womit soll ich ihm denn eins überziehen?"

„Was glaubst du, warum du die Flasche mitnehmen solltest? Quatsch nicht herum und komm endlich!"

Sie eilten hinter dem Rumänen her. Das war alles andere als unauffällig, denn Siggi schnaufte inzwischen wie ein Walross. Aber der Fremde schien sie nicht weiter zu beachten. Er ging, scheinbar ungestört, weiter.

Sie kamen ihrem Ziel immer näher. Siggi war jetzt unmittelbar hinter dem Mann und breitete bereits die Arme aus, um ihn zu umklammern.

Ob ihr Opfer nun den Schatten Siggis gesehen hatte, der aussah als stände ein Bär auf den Hinterbeinen, oder ob er den Angriff nur geahnt hatte?

Jedenfalls griff Siggi ins Leere, weil der Mann sich plötzlich weggeduckt hatte. Bevor er sich von seiner Überraschung erholen konnte, traf ihn ein Schlag auf den Solar Plexus, der ihm sofort die Luft raubte.

Fred stand zunächst nur erschrocken da. Dann hob er die Flasche, um die angefangene Arbeit doch noch zu beenden. Da hatte der Fremde ihm die auch schon aus Hand gerissen und schleuderte sie in Richtung Friedhof. Dann traf Fred auch schon ein Faustschlag an die Kinnlade.

Siggi hatte sich inzwischen etwas erholt. Stöhnend und schnaufend sprang er den Mann von hinten an. Es gelang ihm dann doch noch, ihn zu umklammern. „Ich habe ihn! Gib ihm den Rest, Fred!"

Obwohl der Angegriffene in einer völlig andere Gewichtsklasse als Siggi war, hatte er doch erheblich mehr Kraft als der. Denn Siggi brachte zwar Masse, aber keine Muskulatur mit. Wo sollte die auch herkommen, hatte er doch seit Jahren jede Art körperlicher Betätigung gemieden.

Mühelos sprengte der Mann die Umklammerung und stand nun Siggi gegenüber.

„Tu mir nichts", jammerte der.

Aber der Rumäne kannte keine Gnade.

„Fahr da vorne beim Friedhof rechts ab", bat Berger. „Lass uns durch die Haingärten fahren."

Starck nickte lediglich und tat wie ihm geheißen.

Sie waren nach dem Abbiegen gerade durch die erste Kurve gefahren, als sich ihnen ein seltsames Szenario bot. Ein kleiner Mann lag am Boden, während ein größerer und ein äußerst dicker miteinander kämpften. Miteinander kämpften war wohl der falsche Ausdruck, denn der Dicke wurde regelrecht verprügelt und brach in diesem Moment zusammen.

„Das sind ja Siggi und Fred", stellte Berger fest. „Mit wem haben die sich denn wieder angelegt?"

„Aber diesmal ist es ihnen wohl schlecht bekommen", erwiderte Starck und hielt den Streifenwagen an.

Die beiden Uniformierten sprangen aus dem Auto. „Polizei! Aufhören!", rief Berger.

Der Mann, der als Einziger noch stand, sah auf und sprang dann in Richtung des Friedhofs. Die beiden Polizisten sahen voller Verwunderung, wie der fast mühelos die Hecke zum Friedhof hin überwand.

„Das brauchen wir gar nicht erst zu versuchen", rief Berger. „Komm nach vorne zum Eingang."

Sie rannten los, aber als sie auf dem Friedhof ankamen, war von dem Mann weit und breit nichts zu sehen. Normalerweise waren immer irgendwelche Leute auf dem Friedhof. Aber diesmal sahen sie keine Menschenseele, die sie hätten fragen können, wohin der Kerl verschwunden war.

„Er ist uns entwischt", erklärte Berger. „Zurück zu den beiden Spezialisten. Mal hören, was die diesmal wieder angestellt haben."

Siggi und Fred lagen immer noch reglos da, als die beiden Polizisten zurückkamen.

„Verdammt, anscheinend hat es sie doch schwerer erwischt. Die sind wohl doch an den Falschen geraten", stellte Starck fest.

Berger griff zum Telefon. „Das sieht nicht gut aus. Ich rufe einen Krankenwagen."

Der Krankenwagen kam auch bald. Die Männer vom Roten Kreuz hievten den schweren Siggi auf die Bahre. Anscheinend kam er wieder zu sich. Er murmelte etwas Unverständliches.

Karlchen trat näher. „Willst du uns etwas sagen?" Aber er verstand den Mann immer noch nicht. Er beugte sich deshalb zu ihm herab.

„Wir hatten ihn. Die Belohnung!" Zumindest klang das so für Berger.

„Das hat alles Zeit", antwortete er. „Sieh erst einmal zu, dass du wieder auf die Beine kommst."

„Und jetzt?", fragte Starck, als der Krankenwagen davon gefahren war.

„Ich glaube, es macht keinen Sinn, wenn wir jetzt nach dem anderen suchen. Der ist vermutlich über alle Berge. Wahrscheinlich hat er sich nur gewehrt. Die beiden können aber auch ganz schön aufdringlich sein."

„Dann ist er aber erheblich über das Ziel hinausgeschossen. Er hat sie ja furchtbar zugerichtet."

„Konntest du ihn genauer sehen?"

„Dazu ging alles viel zu schnell. Er hat ja nur kurz zu uns herüber geschaut."

„Da ist man immer ganz erstaunt, wenn irgendwelche Zeugen behaupten, sie hätten nichts gesehen. Und jetzt geht es uns genauso, obwohl gerade wir doch eine besondere Beobachtungsgabe haben sollten."

„Ich schlage vor, wir fahren zur Dienststelle zurück und schreiben das Protokoll."

Karlchen hatte diese Aufgabe Starck überlassen. Er selbst suchte Leyendecker auf, um ihm von dem Vorfall zu berichten.

Leyendecker bat Ulla zu sich. „Hör dir mal an, was Karlchen zu berichten hat."

Karlchen informierte die beiden ausführlich.

„Das mit der Belohnung ist so eine fixe Idee von Siggi", erklärte Leyendecker, als Karlchen geendet hatte.

„Du meinst, da sei nichts dran?", fragte Ulla.

„Du glaubst doch nicht ernsthaft, dass die beiden den gesuchten Mörder Karin Westermanns gesehen haben, oder dass dieser sie gar verprügelt hat?"

„So wie die beiden aussehen, war das keine normale Schlägerei", fand Karlchen. „Der Kerl wollte verletzen. Ob die ihn angegriffen haben, kann ich nicht sagen. Vielleicht war es ihr Glück, dass wir hinzukamen."

„Na gut, wie ihr meint. Sollen die im Krankenhaus die beiden erst einmal verarzten. Ich gehe gegen Abend mal nachhören, ob sie wieder auf den Beinen sind und was sie zu sagen haben."

Leyendecker versprach sich nicht allzu viel von der Aussage der zwei Hallodris, als er die Station betrat.

„Die zwei liegen am Ende des Ganges. Das letzte Zimmer rechts", informierte ihn die Schwester. „Ihnen ist nicht viel passiert. Schürfwunden und Prellungen. Sie sollen über Nacht zur Beobachtung hierbleiben. Es wird Zeit, dass die wieder verschwinden. Sie stellen bereits jetzt das Krankenhaus auf den Kopf."

Leyendecker bedankte sich. Er klopfte nur kurz an die Zimmertür und trat dann ein.

Zuerst bemerkte er den Zigarettenrauch, als er das Zimmer betrat. Obwohl er seit Jahren nicht mehr rauchte, war er immer noch sehr empfänglich für den Qualm. Es wunderte ihn nicht, dass die beiden sich keinen Deut um die Regeln des Krankenhauses scherten. Vermutlich hatten sie auch schon längst eine Flasche Schnaps organisiert. In diesen Angelegenheiten konnte man ihnen ein gewisses Geschick nicht absprechen.

Siggi hatte einen Verband um den Kopf und eine dicke Lippe. Fred trug ein Pflaster auf der Stirn und hatte ein blaugrünes Auge. Aber ansonsten wirkten die Kerle recht munter. Wie es aussah, hatten sie die Abreibung recht gut überstanden.

„Ich dachte, im Krankenhaus sei das Rauchen verboten", erklärte Leyendecker.

„Siehst du hier jemand rauchen?", erkundigte sich Siggi. „Aber das ist ja wieder typisch für dich. Wenn man dich braucht, bist du nicht da. Aber jetzt kommst du und redest dummes Zeug daher."

Leyendecker ging nicht weiter darauf ein. Er war solche Sprüche von Siggi ja gewohnt. „Was habt ihr denn da wieder angestellt?"

„Siehst du, so bist du", eiferte sich Siggi. „Nichts haben wir angestellt. Da läuft ein Kerl herum, der harmlose Passanten verprügelt. Wie so oft wollten wir nur deine Arbeit tun."

„Genau", stimmte Fred zu.

„Ihr wolltet meine Arbeit tun? Das musst du schon näher erklären."

„Jeder brave Bürger ist doch berechtigt, einen Verbrecher solange festzuhalten, bis die Polizei kommt. Das ist so etwas wie Notwehr."

„Das trifft es nicht ganz. Allerdings darf jeder Bürger einen Verbrecher festnehmen. Voraussetzung ist jedoch, dass er den auf frischer Tat ertappt."

„Es fing damit an, dass Siggi erklärte, da vorne ginge unsere Belohnung."

Da sind wir wieder bei Siggis fixer Idee, dachte Leyendecker. „Was hat er denn damit gemeint?"

„Du weißt doch, dieser Rumäne", schaltete sich Siggi wieder ein.

„Den ihr beklaut habt. Ihr wollt doch nicht behaupten, ihr hättet den gesehen?"

„Was heißt hier behaupten!", ereiferte Siggi sich. „Wir haben ihn schon zweimal gesehen. Wenn du dich bemühen würdest, könntest du das auch. Aber wir haben in Hachenburg einen Polizeichef, dessen Arbeit wir seit Jahren tun. Er kassiert lediglich das Geld. Aber anstatt uns dankbar zu sein, wirft er uns ständig Knüppel zwischen die Beine und lässt sinnlose Platzverbote aussprechen. Also, da war dieser Mann …"

„Noch mal zu mitschreiben", unterbrach Leyendecker. „Ihr sprecht von dem Mann, den wir im Mordfall Karin Westermann suchen?"

„Rede ich eigentlich chinesisch?" Siggi schien ernsthaft erbost zu sein. „Genau der Mann, auf den die Belohnung ausgesetzt ist."

„Genaugenommen gibt es die für die Aufklärung des Verbrechens und die Ergreifung des Täters."

„Nun unterbrich mich doch nicht laufend und hör zu! Da kannst du noch was lernen!

Noch einmal von vorne. Da kam also dieser Mann vorbei. Wir ihm hinterher. Wir hatten ihn gerade mal eben erreicht, da dreht der Kerl sich um und prügelt auf uns ein. Wir waren so perplex, dass wir uns zunächst überhaupt nicht gewehrt haben."

„Als wir uns dann wehren wollten, ging das nicht mehr", fiel ihm Fred ins Wort.

„Du weißt, Leyendecker, es gibt keine friedfertigeren Menschen als uns, aber wenn der uns nicht so hinterhältig überfallen hätte, wäre der jetzt statt uns hier. Wenn es sein muss, kann ich zum Berserker werden. Und jetzt sitz nicht länger hier rum! Mach dich auf die Socken, und fang den Kerl, damit ich meine Belohnung bekomme!"

„Und bring die Flasche mit!", sagte Fred.

„Von welcher Flasche redest du?", erkundigte sich Leyendecker.

„Von der Flasche, die ich mithatte. Er hat sie mir abgenommen."

„Ich verstehe nicht", sagte Leyendecker. „Warum hat er sie dir abgenommen?"

„Als der Kerl uns angegriffen hat, wollte Fred sich damit verteidigen", stand Siggi seinem Kumpanen bei. „Ein klarer Fall von Notwehr."

„Diesmal wäre es tatsächlich Notwehr", bestätigte Leyendecker, „falls es sich nicht um einen Notwehrexzess handelt. Der Mann hat die Flasche also angefasst. Hat er sie mitgenommen?"

„Er hat sie einfach weggeworfen."

„Wo soll die jetzt sein?"

„Stell dich nicht dümmer als du bist. Wo soll die schon sein. Irgendwo da, wo deine Kollegen uns gefunden haben. Du musst nur die Augen aufmachen", erklärte Siggi in seiner charmanten Art und Weise.

„Einen Augenblick", sagte Leyendecker. „Ich bin sofort zurück."

Als er aus dem Zimmer war, sagte Siggi: „Der Kerl hat alle Zeit der Welt. Anstatt sich auf die Suche nach dem Kerl zu machen, trödelt er hier herum. Wir könnten die Belohnung ja nun wirklich gebrauchen."

Leyendecker kam mit einem blauen Müllsack zurück, den er sich von der Schwester hatte geben lassen. Während er sich Gummihandschuhe anzog, von denen ein Sortiment auf dem Tisch stand, fragte er: „Eure Klamotten sind da im Schrank?"

„Warum willst du das wissen?"

„Wenn nur ein bisschen von dem stimmt, was ihr mir erzählt habt, müssen die auf DNS von dem Fremden untersucht werden."

„Willst du sie mitnehmen", erkundigte sich Fred.

„Natürlich, was sonst?"

„Kommt nicht infrage!", keifte Fred. „Wir wollen nach dem Abendessen gehen."

„Dies ist kein Hotel, wo man nach Belieben kommen und gehen kann. Ich nehme an, die

Bürger unserer Stadt sind ganz froh, wenn ihr sie mal eine Nacht nicht heimsucht. Ich lasse euch ein paar alte Trainingsanzüge vom Polizeisport schicken." Ohne auf das Gezeter zu achten, packte er ihre Sachen ein und verabschiedete sich.

„Noch auf dem Flur rief er Berger an. „Ihr müsst noch mal zum Friedhof fahren. Seht nach, ob ihr dort eine Weinflasche findet. Aber fasst die nicht mit bloßen Händen an. Das ist Beweismaterial."

„Ich weiß nicht, was ich davon halten soll", erklärte Leyendecker Ulla und Höbel, als er ihnen von seinem Besuch im Krankenhaus erzählte. „Vermutlich ist das alles nur großer Mist, der Siggis Hirn entsprungen ist. Wenn der eine Belohnung wittert, kann der nicht mehr klar denken."

„Wenn das was er sagt, auch nur ein Fünkchen Wahrheit enthält, haben wir doch noch die Chance, den Mord an Karin Westermann aufzuklären. Wir glaubten ja schon, der Täter sei auf Nimmerwiedersehen nach Rumänien verschwunden", fand Ulla.

„Natürlich müssen wir den Angaben nachgehen", stimmte Leyendecker zu. „Auch wenn ich da keine allzu großen Hoffnungen habe. Wenn sich das alles wieder einmal als Windei herausstellt, werden die beiden mich kennenlernen. Dann ist es mit ihrer Narrenfreiheit vorbei."

„Sie haben ja schon ihre Sachen mitgebracht. Ich werde veranlassen, dass sie umgehend auf DNS untersucht werden", erklärte Höbel. „Auch wenn uns das vermutlich nicht weiterhilft, weil bei einer normalen erkennungsdienstlichen Behandlung keine DNS festgestellt wird. Fingerabdrücke wären da schon besser."

„Vielleicht finden Karlchen und Starck ja die Flasche. Wenn wir Glück haben, sind da nicht nur die Abdrücke der beiden Schlawiner dran."

„Meinst du nicht, dass unser Chef zu viel Aufhebens um den Fall macht", fand Starck. „Schließlich handelt es sich um eine normale Schlägerei, und Siggi und Fred haben die Abreibung längst verdient. Da ist es schade um jeden Schlag, der danebengeht. Es ist doch völlig übertrieben, wegen so einer Lappalie jetzt nach einer albernen Flasche zu suchen. Falls es die überhaupt gibt."

„Wir suchen weiter. Ich habe keinen Zweifel, dass es die Flasche gibt." erklärte Berger. „Wenn Christoph uns nach der Flasche suchen lässt, hat er sich etwas dabei gedacht."

„Du siehst doch selbst, dass hier nichts ist", maulte Starck. „Vermutlich hat es die Flasche nie gegeben, oder die beiden haben sie lange vorher ausgetrunken und weggeworfen."

„Hast du auch da drüben in der Hecke nachgesehen?"

„Mehr als einmal. Wenn du willst, kannst du ja selbst nachsehen."

144

Berger untersuchte die Hecke zum Friedhof ebenfalls. „Da ist nichts", bestätigte er.

„Dann lass uns aufhören. Wo nichts ist, können wir auch nichts finden. Vielleicht hat sie auch ein anderer mitgenommen."

„Wir sehen noch auf dem Friedhof nach", schlug Berger vor.

Sie gingen auf den Friedhof. „Du die beiden oberen Reihen. Ich die beiden darunter."

Nach kurzer Zeit rief Starck: „Komm mal her, Karlchen."

Berger eilte herbei. „Du hast sie gefunden. Sie ist zwar zerbrochen und ausgelaufen, aber es sind große Scherben. Wenn Fingerabdrücke drauf sind, wird man sie problemlos finden." Er schaute auf den Grabstein. „Das Grab des alten Emil. Der wird sich über den Wein gefreut haben, obwohl er während seines Lebens besseres Zeug gewohnt war."

„Lass uns die Scherben einpacken und hier verschwinden. Ich halte mich nicht so gern auf Friedhöfen auf. Wir landen alle früh genug dort."

„Die Kerle sind hartnäckig", sagte Ender. „Aber ich werde sie noch knacken. Diesmal kommt mir Bärmann nicht davon."

Sibylle Rahn bezweifelte das. Was hatten sie denn schon zu bieten. Vielleicht Körperverletzung und unerlaubten Waffenbesitz. Das saßen die zwei auf einer Backe ab, falls es überhaupt zu einer Haftstrafe kam. Jedenfalls sah sie keinerlei

Möglichkeit, Bärmann damit in Verbindung zu bringen. „Wollen wir es hoffen", blieb sie vage. „Eigentlich wollten wir doch den Mord an Jo Schnabel aufklären." Ihr war nicht einsichtig, warum ihr Vorgesetzter so hartnäckig an der Privatfehde mit Bärmann festhielt. „Jedenfalls ist die sichergestellte Pistole nicht die Tatwaffe."

„Bärmann steckt auch da dahinter. Glauben Sie, der beschäftigt nur zwei Gorillas? Wenn wir die zum Reden bringen, wird sich alles andere wie von selbst aufklären."

Sie war ganz anderer Meinung, aber zog es vor zu schweigen.

Das Untersuchungsergebnis der Scherben lag vor. Ulla fand die Nachricht in ihrem Postfach. Natürlich waren die Abdrücke von Siggi und Fred gefunden worden. Ihnen waren schon mehrfach Abdrücke abgenommen worden, die gespeichert worden waren. Es war also zweifelsfrei ihre Flasche. Soweit stimmte ihre Geschichte also. Darüber hinaus waren bei der Untersuchung weitere Abdrücke festgestellt worden. Zu ihrer Überraschung gehörten die einem Ion Gunnesch aus Stabil in Rumänien.

Der Mann, dessen Abdrücke in den Handschuhen gefunden worden waren, die im Mordfall Schnabel eine Rolle spielten, hieß doch auch Gunnesch. Ulla schaute dort noch. Richtig, er hieß ebenfalls Gunnesch und war aus Stabil, dem kleinen Ort unweit von Sibiu in Rumänien. Im ersten Moment glaubte sie, dass es sich um denselben Mann handeln würde. Dann sah sie jedoch, dass der von dem Essener Fall mit Vornamen Cornel hieß. Handelte es sich um die gleiche Person, die unter zwei Vornamen registriert war, oder spielten hier tatsächlich zwei Männer mit Namen Gunnesch aus demselben kleinen Ort eine Rolle? Sie schaute nach. Sie hatten unterschiedliche Geburtsdaten. Wie passte das zusammen? Sie sah auf dem Foto, das am Todestag Karin Westermanns aufgenommen worden war nach und verglich es mit dem übermittelten Foto von Ion Gunnesch. Kein Zweifel, wenn man sich Bart und Sonnenbrille wegdachte, handelte es sich zweifellos um ein und dieselbe Person.

„Das ist allerdings eine Überraschung", stellte Leyendecker fest. „Ich glaube, wir sind uns alle einig, dass es sich hier nicht um einen Zufall handeln kann. Soviel Zufall kann es nicht geben."

„Ganz sicher nicht", stimmte Höbel zu. „Vermutlich sind es Verwandte, wahrscheinlich Brüder."

„Die Fälle Westermann und Schnabel gehören also zusammen", erklärte Ulla.

„Daran besteht wohl kein ernsthafter Zweifel", gab Leyendecker ihr recht. „Es fragt sich nur, wie sie zusammenhängen."

„Die Fäden dürften bei Westermann zusammenlaufen", vermutete Höbel. „Er wurde in Sibiu geboren, ganz in der Nähe des Ortes, aus dem die Gunneschs stammen. Seine Frau wurde ermordet. Sie war eine Bekannte von Jo Schnabel, vermutlich mehr als bekannt. Westermann wurde von Schnabel angerufen, auch wenn er das bestreitet. Da ist der Zusammenhang doch offenkundig."

„Ich gebe Ihnen recht", sagte Ulla. „Da gibt es zweifellos einen Zusammenhang. Aber wie sieht der aus?"

„Wenn ich mir die Geburtsdaten der Gunneschs ansehe, waren die noch nicht geboren, als Westermann in die Bundesrepublik übersiedelte. Wo besteht da eine Verbindung?", fragte Leyendecker.

„Wir müssen Ion Gunnesch sofort zur Fahndung ausschreiben. Wenn wir einen der beiden Brüder, es sind vermutlich Brüder, gefasst haben, wissen wir mehr", erklärte Höbel. „Ich werde das sofort veranlassen."

„Jedenfalls können die Essener sich die Theorie, dass Schnabel wegen eines Wucherdarlehns ermordet wurde, abschminken. Die Kollegin Rahn war ja nie dieser Auffassung.

Aber ihr Vorgesetzter hatte sich ja darin verbissen. Ich werde ihr gleich Nachricht geben", meinte Ulla. „Wie verfahren wir jetzt weiter?"

„Ich denke, jeder von uns sollte sich den Fall einmal in Ruhe durch den Kopf gehen lassen. Wir haben ja völlig neue Erkenntnisse. Wir treffen uns in einer Stunde wieder."

Ulla rief Sibylle Rahn an. Die Essener Kollegin schien nicht überrascht zu sein. „Ich habe immer gewusst, dass sich Ender auf dem Holzweg befindet. Das mit Bärmann hat sich schon fast zu einer fixen Idee entwickelt. "

In Höbels Kopf hatte sich eine Idee festgesetzt, die er zunächst verwarf. Dann aber immer wieder zu ihr zurückkehrte. Ob er mit den Kollegen darüber reden sollte? Das war wohl keine so gute Idee. Die hätten ihm mit Sicherheit davon abgeraten.

Leyendecker saß in seinem Zimmer. Er dachte, dass er Siggi diesmal wohl unterschätzt hatte. Der kam seiner Belohnung immer näher. Aber so weit war es noch nicht.

Als sie sich nach der vereinbarten Stunde wiedertrafen, hatte sich die Idee in Höbels Kopf weiter verfestigt. Ohne weitere Umschweife teilte er seinen erstaunten Zuhörern mit, dass er ein paar Tage zum Ausspannen benötige. Leyendecker und Ulla hätten ja seine Telefonnummer.

Natürlich waren die beiden total überrascht, dass er sich gerade jetzt ausklinken wollte, wo der Fall wieder Fahrt aufnahm. Aber sie fragten nicht weiter nach. Schließlich war er ein erwachsener Mensch. Sie kamen auch ganz gut allein zurecht.

Kapitel 9

Die Zeichen, die Anschnallgurte zu schließen erschienen, ein Gong ertönte, und eine Frauenstimme forderte die Passagiere auf, die Lehnen gerade zu stellen und kündigte den Landeanflug auf Sibiu an.

Lars Höbel war in freudiger Erwartung, schließlich kamen seine Großeltern mütterlicherseits aus dieser Stadt. Seine Großmutter war früh gestorben, und er hatte nur wenige Erinnerungen an sie. Aber sein Großvater lebte noch und schwärmte nach wie vor von seiner alten Heimat. Allerdings sprach er nicht von Sibiu, sondern von Hermannstadt, denn sein Großvater war Siebenbürger Sachse, während seine Großmutter dem rumänischen Teil der Bevölkerung angehört hatte.

Sein Großvater hatte den Kontakt zu den Verwandten in Sibiu nie abreißen lassen und hatte sie auch häufiger besucht, als es seine Gesundheit noch zuließ. Es handelte sich dabei allerdings vorwiegend um den Verwandten seiner Frau, denn die meisten Deutschstämmigen hatten Sibiu inzwischen verlassen.

In Höbel hatte sich der Gedanke festgesetzt, dass man nur hier auf die Spur der Gebrüder Gunnesch kommen konnte. In ihrer Heimat gab es mit Sicherheit Menschen, die mit ihnen in

Verbindung standen. Vielleicht konnte man hier eine Adresse oder eine Telefonnummer erfahren, die man dann anpeilen und so den Aufenthaltsort der Brüder ermitteln konnte.

Er war sich sicher, dass seine Kollegen das als fixe Idee abgetan hätten und er nie eine Erlaubnis für eine Dienstreise nach Rumänien erhalten hätte.

Lars Höbel selbst war noch nie in Rumänien gewesen. Aber es interessierte ihn schon, wo er herkam. So hatte er das Angenehme mit den Nützlichen verbunden. Sein Großvater hatte einige Verwandte angerufen, die auch gerne bereit waren, Höbel für ein paar Tage zur Seite zu stehen. Allerdings glaubten die, es sei so eine Art Erholungsreise. Von seiner eigentlichen Mission hatte er auch seinem Großvater nichts gesagt.

Die Maschine setzte auf. Kurz darauf öffneten sich auch die Türen und sie verließen das Flugzeug über eine Treppe, die an den hinteren Ausgang geschoben worden war. Draußen herrschte gleißende Sonne, aber ein frischer Wind brachte eine angenehme Kühle. Der Flughafen war durchaus überschaubar. Aber Sibiu hatte ja lediglich rund 150.000 Einwohner und daher auch keinen Flughafen wie Köln oder Frankfurt. Er hatte in etwa eine Größe, wie Höbel sie bei seinen Urlauben auf verschiedenen griechischen Inseln erlebt hatte.

Höbel brauchte nicht zur Gepäckausgabe, da er lediglich einen kleinen Trolley mit sich führte, den er als Handgepäck mit ins Flugzeug genommen hatte.

Sein Großvater hatte ihm zwar eine Adresse aufgeschrieben, an die er sich wenden konnte, aber man hatte versprochen, ihn abzuholen.

Als er das Gebäude verließ, sah er auch gleich eine junge Frau, die ein Schild mit der Aufschrift *Lars Höbel* in die Höhe hielt. Sie trug Jeans und eine kurzärmelige helle Bluse, hatte lange schwarze Haare und war auffallend hübsch.

Sie kam auf ihn zu und umarmte ihn zur Begrüßung. „Du musst Lars sein. Wir waren schon alle neugierig auf dich. Ich heiße Elisabeta. Meine Freunde nennen mich Lissy, Lissy mit Ypsilon."

„Dann werde ich dich auch so nennen, Lissy mit Ypsilon", antwortete Lars und lachte. Die junge Frau war ihm auf Anhieb sehr sympathisch. „Woher kannst du so gut deutsch?", erkundigte er sich.

„Viele von uns lernen das in der Schule. Einige haben die Absicht, einmal in Deutschland zu arbeiten, obwohl es uns in Sibiu recht gut geht. Das liegt in erster Linie daran, dass viele Deutsche und Österreicher hier investiert haben. Die Bevölkerung weiß das auch zu schätzen, das wird schon dadurch sichtbar, dass die deutsche Minderheit im Stadtparlament die größte Fraktion stellt."

Der Parkplatz war nicht weit entfernt. Sie deutete auf einen Skoda Fabia. „Das ist meiner."

Sie hatten den Parkplatz kaum verlassen, da waren sie auch schon in der Stadt.

„Habt ihr mir ein Zimmer in einem Hotel reserviert?", erkundigte er sich. „Laut Großvater war das ja so ausgemacht."

„Du schläfst selbstverständlich bei uns."

Familienanschluss hatte er eigentlich in dieser Form nicht geplant.

Lissy schien seine Bedenken bemerkt zu haben. „Keine Angst, du musst nicht abends meinen Eltern und mir Gesellschaft leisten. Wir haben drei Appartments, die wir an Urlaubsgäste vermieten. Die werden auch gerne von deutschen Gästen genommen. Der Tourismus hat in den letzten Jahren erheblich zugenommen. Das liegt einmal daran, dass uns häufiger die Nachkommen der Siebenbürger Sachsen besuchen und wohl auch, dass wir 2007 zusammen mit Luxemburg Europäische Kulturhauptstadt waren. Es wurde viel in die Sanierung der Altstadt investiert. Wir wohnen in der Oberstadt. Wir sind auch schon da."

„Selbstverständlich bezahle ich das Appartment wie jeder andere Urlaubsgast."

„Darüber reden wir, wenn du wieder abfährst."

Sie steuerte ihren Wagen durch einen Torbogen in einen Hinterhof, in dessen Mittelpunkt eine große Linde stand. „Da vorne in dem Anbau sind die Appartments. Falls du hier einmal ein Auto parkst, halte es von dem Baum fern. Der macht das ganze Jahr über Schweinerei. Allerdings ist es auch sehr schön, an einem heißen Sommertag auf der Bank darunter im Schatten zu sitzen."

Die Appartments erreichte man über eine separate Treppe. Höbels lag im ersten Stock und bestand aus einem Raum mit integrierter Küche und angrenzendem Bad. Es war zweckmäßig und gleichzeitig liebevoll eingerichtet mit einem großen Bett im Mittelpunkt. Von einem kleinen Balkon sah man in den Innenhof."

„Ich schlage vor, du machst dich erst einmal frisch. In einer halben Stunde hole ich dich ab. Du musst meine Familie kennenlernen. Das kannst du nicht abschlagen. Besonders Großmutter freut sich schon sehr auf dich."

„Sind wir eigentlich verwandt?", erkundigte er sich.

„Meine Großmutter ist die Cousine deiner Großmutter. Von Verwandtschaft kann man da nicht wirklich sprechen."

Ziemlich genau nach einer halben Stunde kam Lissy, um ihn abzuholen. Ein Nebeneingang führte vom Hof ins Haupthaus.

Eine mittelgroße Frau, die wohl Mitte fünfzig war und eine kleine schmale mit schlohweißem Haar begrüßten ihn. Obwohl die Ältere vermutlich über achtzig Jahre alt war, war sie in keiner Weise gebeugt, und ihr Händedruck war erstaunlich fest.

„Kommen Sie doch herein", bat die Jüngere der beiden. „Sie trinken doch sicher eine Tasse Kaffee mit uns. Ich habe Apfelkuchen gebacken."

Lissy übersetzte. „Mutter und Großmutter reden kaum deutsch", erläuterte sie. „Mein Vater ist noch zur Arbeit. Vermutlich wirst du ihn aber noch kennenlernen."

„Sehr gerne", erwiderte Höbel. „Die beiden sollen ruhig du zu mir sagen.

„Du siehst Robert sehr ähnlich", fand die ältere Dame. „Wie geht es ihm?"

„Er ist nicht mehr ganz so gut zu Fuß. Aber er interessiert sich noch für alles. Er wäre gerne noch einmal hergekommen, aber da wäre doch der Aufwand zu viel gewesen."

Die beiden Damen waren sehr freundlich. Trotzdem war Höbel froh, als er sich wieder verabschieden konnte. Diese Art Konversation war nicht gerade seine Stärke. Bei jungen Damen sah das schon anders aus.

„Soll ich dir noch die Stadt zeigen?", fragte Lissy, als er sich verabschieden wollte.

Er nahm diesen Vorschlag gerne an.

„Ich glaube, wir gehen zu Fuß", sagte sie. „Die Altstadt ist nicht weit. Und so groß ist Sibiu ja auch nicht."

Sie zeigte ihm verschiedene Gebäude und Plätze, die er teilweise aus den Erzählungen seines Großvaters kannte. Vor einem der zahlreichen Cafés setzten sie sich an einen der wenigen freien Tische. Lars bestellte für sich ein Bier und für Lissy ein Wasser. Er wunderte sich über die vielen jungen Leute, die hier zu sehen waren.

„Wir sind auch Universitätsstadt. Wir haben mehrere Universitäten", erklärte sie.

„Studierst du auch?", erkundigte er sich.

„Ich besuche die Rumänisch-Deutsche-Universität. Ich studiere Physik."

Lars staunte. Der Respekt vor der jungen Frau wuchs. Er hatte es mit Mühe und Not auf eine Vier im Abiturzeugnis gebracht, die seinem Schnitt nicht allzu sehr schadete. Er hätte eher erwartet, dass sie vielleicht Germanistik studiert hätte, was ihr bei den Sprachkenntnissen sicher leicht gefallen wäre.

Zum Abendessen trafen sie sich mit einigen Bekannten Lissys. Danach zogen sie noch durch verschiedene Kneipen. Lars fühlte sich sehr wohl und hätte fast den eigentlichen Grund für sein Kommen vergessen.

Gegen Mitternacht gab es Gewitter, und es goss in Strömen. Auch als das Gewitter abgeklungen war, hörte es nicht auf zu regnen. Vergeblich versuchten sie, ein Taxi zu rufen. Aber auf diesen Gedanken waren schon mehr gekommen, sodass sie durch den Regen nach Hause laufen mussten. Sie verabschiedeten sich hastig im Flur des Haupthauses. Lissy versprach, sich am nächsten Tag noch einmal zu melden.

Als Lars am nächsten Tag wach wurde, fiel ihm sofort wieder der eigentliche Grund seines Aufenthaltes in dieser Stadt ein. Allerdings hatte er keinen wirklichen Plan, denn mit seiner Reise nach Transsilvanien war er einer plötzlichen Eingebung gefolgt.

Vielleicht fiel ihm ja etwas ein, wenn er seinem Körper ein paar Kohlehydrate zugeführt hatte. Lissy hatte ihm gestern Abend noch einen Supermarkt gezeigt, der ganz in der Nähe lag. Dort sei es zwar etwas teuerer, als in den Märkten, die an der Peripherie lagen, aber er habe ja keine Großfamilie zu versorgen. Außerdem hatte sie ihm angeboten, dass er zusammen mit ihrer Familie frühstücken könne. Aber das hatte er dankend abgelehnt.

Er wollte sich gerade auf den Weg machen, da klingelte es an seiner Tür. Draußen stand die junge Rumänin. Sie hielt eine Tüte in der Hand, die eindeutig frische Brötchen enthielt. Das merkte man an dem appetitlichen Duft, der von ihr ausströmte.

„Ein paar Brötchen, etwas von Mamas selbst eingekochter Erdbeermarmelade und etwas Butter", sagte sie. „Ein Rest Kaffee müsste noch von den Vormietern im Schrank sein. Du magst doch Erdbeermarmelade? Ich lade dich ein."

„Ich mag Erdbeermarmelade." Tatsächlich mochte er zum Frühstück nichts Deftiges wie Wurst oder Käse. Frische Brötchen und die zuckerreiche Marmelade waren am Morgen genau das Richtige. „Machst du mir die Freude und frühstückst mit mir."

„Gern. Mama und Oma werden heute Morgen einmal auf mich verzichten müssen." Sie hatte auch eine Butterdose mitgebracht, die sie auf den Tisch stellte. „Ich setze schon mal Kaffee auf." Während sie das sagte, ging sie zu dem kleinen Küchenschrank. Sie fand noch eine halbe Packung Filterkaffee.

Währenddessen holte Lars Teller und Tassen aus dem Schrank.

Dann frühstückten sie schweigend.

„Hast du für heute einen Plan?", erkundigte sie sich.

„Nicht so wirklich", erwiderte er. „Kennst du Stabil?"

„Wenn du reiten willst, es gibt hier verschiedene Reiterhöfe. Da kannst du dir ein Pferd ausleihen, oder an geführten Touren teilnehmen."

Lars wunderte sich, wie sie jetzt darauf kam. „Seit mich so ein Vieh gebissen hat, meide ich den Kontakt zu diesen Tieren. Warum fragst du?"

„Weil du nach einem Pferdestall fragst. Stabil bedeutet Pferdestall."

„Nein, nein, ein Missverständnis. Das muss ein Ort hier in der Nähe sein. Er heißt vielleicht so, weil sich dort früher einmal ein Pferdestall befand."

„So auf Anhieb kenne ich ihn nicht. Aber es gibt unzählige kleine Orte in der Umgebung.

Aber warte, ich suche mal im Handy eine Fahrt-route nach Stabil." Sie tippte in ihr Smartphone. „Tatsächlich. Den Ort gibt es. Entfernung etwas mehr als zwanzig Kilometer. Wie kommst du gerade auf diesen Ort?"

Lars fand, dass es nunmehr an der Zeit war, mit offenen Karten zu spielen und den eigentlichen Grund seines Aufenthaltes zu erklären.

Während er erzählte, wurden ihre Augen immer größer.

„Das ist ja spannend", sagte sie, als er geendet hatte. „Ich hätte nie gedacht, dass du Polizeibeamter bist. Und du suchst gerade hier in der Nähe zwei Mörder. Was für ein Zufall."

„Ich suche sie nicht hier. Es scheint so, als würden sie sich noch in Deutschland aufhalten. Aber ich habe die Hoffnung, hier Hinweise auf den genauen Aufenthaltsort zu finden. Vielleicht eine Adresse oder eine Handynummer, die wir anpeilen können. Irgendetwas, was uns weiterhilft."

„Und deshalb kommst du selbst nach hier. Konntet ihr das nicht der hiesigen Polizei überlassen?"

„Ach weißt du. Die Zusammenarbeit in Europa wird bei den Reden der Politiker immer hervorgehoben. Aber tatsächlich liegt der Teufel im Detail. Zuständigkeitsprobleme und Eitelkeiten. Was glaubst du, wie lange das dauern würde, wenn wir eine offizielle Anfrage an die rumänischen Behörden richten?"

„Die Polizei weiß also nichts von dir?"

„Das wissen nicht einmal meine deutschen Kollegen. Offiziell habe ich mir ein paar Tage freigenommen."

„Das wird ja immer spannender. Wann legen wir los?"

In Lars stiegen unangenehme Erinnerungen an den verdeckten Einsatz seiner früheren Freundin auf. „Wir legen nicht los", erklärte er. „Ich habe nicht die Absicht, dich da mit hineinzuziehen."

„Da bin ich aber neugierig, wie du das denn anstellen möchtest, oder hast du mir verschwiegen, dass du rumänisch sprichst?"

Da hatte sie nun tatsächlich recht. Er merkte wieder einmal, wie unvorbereitet er sich in die ganze Aktion gestürzt hatte. Eigentlich konnte er sie ja ganz gut gebrauchen. Zunächst galt es einmal, die Gegend zu sondieren und Erkundigungen einzuziehen. Wenn es ernst wurde, konnte er sie immer noch da raushalten. „Also gut. Wir sehen uns erst einmal dort um. Du kannst ja vielleicht die Nachbarn der Gunneschs fragen. Mehr aber auch nicht."

„Dann lass uns keine Zeit verlieren." Sie hatte vor Aufregung ganz rote Wangen.

„Immer langsam", beschwichtigte er. „Zunächst brauche ich ein Auto."

„Wir können meins nehmen."

„Besser nicht. Erstens möchte ich dir das nicht zumuten, und zweitens, ich hätte gern einen Wagen, der geländegängig ist."

„Kein Problem, es gibt mehrere Firmen, die Autos verleihen. Lass uns des bischen Geschirr spülen. Dann legen wir los."

„Ich möchte noch ein paar Sachen einkaufen. Wir treffen uns hier in einer Stunde."

Westermann öffnete die Tür. „Guten Tag Frau Stein. Kommen Sie doch herein. Sie wissen ja, wohin es geht."

Ulla erwiderte den Gruß und folgte der Aufforderung.

Westermann sah sie erwartungsvoll an.

„Ich bin gekommen, um Sie auf den neuesten Stand zu bringen. Im Fall der Ermordung Ihrer Frau gibt es einen Verdächtigen." Sie holte zwei Fotos aus ihrer Tasche und legte sie auf den Tisch. Sie deutete auf Cornel Gunneschs Bild. „Dieses Foto habe ich Ihnen ja schon gezeigt. Es ist der Mann, der dringend verdächtig ist, Jo Schnabel getötet zu haben. Er heißt Cornel Gunnesch." Sie zeigte auf das andere Foto. „Dieser Mann wird verdächtigt, Ihre Frau getötet zu haben. Es ist ohne Zweifel der Mann, der während des Konzerts in unmittelbarer Nähe Ihrer Frau stand. Nur dass hier Bart, Sonnenbrille und Hut fehlen. Kennen Sie ihn?"

Westermann nahm das Foto zur Hand. „Wo Sie das jetzt sagen, erkenne ich auch den Mann, der hinter meiner Frau stand. Aber nur von dem Foto." Er schüttelte den Kopf. „Ich habe den noch nie vorher gesehen."

„Er heißt Ion Gunnesch. Die beiden Männer sind Brüder. Sie kommen aus einem kleinen Ort namens Stabil. Kennen Sie den Ort, oder haben Sie davon gehört."

Westermann schüttelte erneut den Kopf. „Das bedeutet wohl Pferdestall. Aber ansonsten ist er mir nicht geläufig."

„Es ist ein sehr kleiner Ort in der Nähe von Sibiu. Ich brauche Ihnen ja nicht zu sagen, dass es sich dabei um das frühere Hermannstadt handelt. Sie kommen ja von dort. Ehrlich gesagt, glaube ich nicht an Zufall."

Ulla bemerkte ein kurzes Aufblitzen in Westermanns Augen. „Wie meinen Sie das?"

„Ich glaube, dass es zwischen Ihrer Herkunft und den beiden Brüdern einen Zusammenhang gibt. Welcher Art auch immer dieser Zusammenhang ist. Es gibt da mehrere Möglichkeiten. Eine ist, dass Sie mir nicht die Wahrheit sagen und Sie die beiden doch kannten. Die andere ist, dass sich die beiden für irgendetwas rächen wollen, das in der Vergangenheit vorgefallen ist."

„Die beiden Männer sind doch offensichtlich sehr jung. Als die geboren wurden, war ich längst nicht mehr in Rumänien. Glauben Sie mir, zwischen den Männern und mir gibt es keinerlei Verbindung."

Ulla glaubte dem Mann kein Wort. Aber sie konnte ihm nichts beweisen. „Seit Sie damals mit Ihren Eltern ausgewandert sind, waren Sie da noch einmal in Rumänien?"

„Hin und wieder. Aber das ist schon länger her. In den letzten Jahren nicht mehr. Diese beiden Männer sind mir dabei allerdings nicht untergekommen."

„Ich möchte Sie warnen", erklärte Ulla eindringlich. „Es gibt mit Sicherheit eine Verbindung zwischen den Männern und Ihnen. Möglicherweise sind Sie in großer Gefahr."

„Ich weiß mich zu wehren", antwortete Westermann lapidar. „Ist das jetzt alles."

„Das ist alles", antwortete Ulla. „Zumindest vorläufig. Ich habe das Gefühl, dass wir uns recht bald wiedersehen."

Nach etwa fünf Kilometern verließen sie die Nationalstraße. Höbel hatte zunächst etwas Bargeld abgehoben und dann bei einem Verleih einen Skoda Yeti angemietet. Der Vermieter hatte das Navigationsgerät auf deutsche Sprache umgestellt. Wie er berichtete, kam das öfter vor, denn zu seinen Kunden gehörten viele deutsche Urlauber.

Die Straße war jetzt erheblich schmaler. Sie fuhren überwiegend durch Waldgebiet. Laub- und Nadelwälder wechselten sich ab. Obwohl das Navi darauf hinwies, hätte Höbel die Abzweigung fasst verpasst, denn sie war zwischen den Bäumen so gut wie nicht erkennbar.

Es ging bergauf. Die Straße war jetzt noch schmaler und unwegsamer, denn sie mussten zahlreiche Schlaglöcher passieren, in denen braune Brühe stand, sodass nicht erkennbar war, wie tief sie waren. Sie wurden einige Male kräftig durchgeschüttelt.

„Gut, dass wir uns ein geländegängiges Fahrzeug ausgesucht haben", fand Höbel.

„Fahr etwas langsamer", antwortete Lissy. „Uns läuft doch nichts weg. Ich frage mich ohnehin, wie das gehen soll, wenn uns ein Auto entgegenkommt. Hier kommen doch nie und nimmer zwei Fahrzeuge aneinander vorbei."

Sie bogen erneut ab. Die Straße war jetzt noch schlechter als die andere. Es ging nun bergab, und nach wenigen Augenblicken passierten sie auch schon das Ortsschild. Durch die Nebelschwaden, die wohl von einem kleinen Bach herrührten, sahen sie, wie sich einige ältere Häuser aus grob gehauenen grauen Steinen zwischen die Bäume duckten.

„Anscheinend sind wir da", stellte Höbel fest. „Wir steigen aus und sehen uns das etwas näher an."

Lissy lief ein kalter Schauer über den Rücken, als sie das Auto verließ. Sie schüttelte sich. „Es ist richtig unheimlich hier. Es ist kein Mensch auf der Straße."

„Hier kommt kaum Sonne hin", erklärte Lars. „Es ist zwar unheimlich, aber irgendwie doch romantisch. Hier wohnen wohl nicht allzu viele Leute."

„Hier wollte ich nicht wohnen. Hier hätte ich Angst", fand Lissy.

Dann sahen sie einen etwa elf oder zwölf Jahre alten Jungen, der in einem Rollstuhl saß und mit einem Smartphone telefonierte.

Lars wunderte sich, dass es hier unten tatsächlich Handyempfang gab.

Als der Junge sie bemerkte, beendete er das Gespräch und kam auf sie zu, wobei er geschickt die Pfützen umkurvte. Er sagte etwas auf Rumänisch zu ihnen.

Lissy antwortete ihm. Höbel verstand lediglich die Namen des Brüderpaares, wegen dem sie hier waren.

Der Junge antwortete nicht sondern streckte ihnen die offene Hand entgegen. Eine Zeichensprache, die wohl in der ganzen Welt verstanden wurde.

Höbel legte einen Zehner auf die Hand, doch es erfolgte keine Reaktion des Jungen. Er sah sie lediglich mit großen Augen an.

Erst als Höbel noch einen Zwanziger nachlegte, ging ein Lächeln über das Gesicht des Jungen, und er antwortete.

„Ich habe ihn gefragt, ob er Cornel und Ion Gunnesch kennt", erläuterte Lissy. „Die wohnen in dem Haus direkt hinter der Kurve."

Der Junge sagte noch etwas. „Sie sind nicht da", übersetzte Lissy.

„Das ist nichts Neues. Frag ihn, ob er weiß, wo sie sind."

„Sie sind mit der Frau weggefahren", erklärte der Junge.

„Was für eine Frau? Kennt er sie?"

„Es ist lange her. Ich glaube, ich war damals noch nicht in der Schule oder habe damit gerade angefangen. Da tauchte sie zum ersten Mal auf. Sie ist mehrere Monate geblieben. Später ist sie dann noch öfter gekommen. Aber nie länger als ein oder zwei Wochen. Vor ein paar Wochen war sie wieder da, und Cornel und Ion sind mit ihr gefahren."

„Was weißt du sonst von der Frau? Ist sie Rumänin?"

„Sonst weiß ich nicht viel. Ich glaube nicht, dass sie Rumänin ist. Sie hat einmal mit mir gesprochen. Sie sprach sehr gut Rumänisch, aber irgendwie klang es anders."

„Wie sah sie aus?"

„Es ist eine sehr schöne Frau. Mehr weiß ich auch nicht."

„Kannst du sie näher beschreiben? War sie groß oder klein? War sie alt oder jung? Welche Haarfarbe hatte sie?"

„Sie war jung. Die Haarfarbe hat immer mal gewechselt. Zuletzt war sie dunkel, glaube ich. Aber fragen Sie doch die Maria. Die kann Ihnen das alles sagen."

„Wer ist Maria?"

„Na die Mutter von Cornel und Ion. Sie wohnt doch da."

Höbel drückte dem Jungen noch einen Schein in die Hand. „Das werden wir tun. Danke, du hast uns sehr geholfen."

Das Haus sah so aus, wie alle anderen. Graue Bruchsteine. Möglicherweise wurden die hier in der Nähe abgebaut. Eine schwere Haustür aus massivem Holz, vermutlich Eiche. Relativ kleine Fenster. Da die hohen Bäume ohnehin viel Schatten spendeten, musste es drinnen immer recht dunkel sein. Das pfannengedeckte Dach war komplett mit Moos bewachsen. An der linken Seite stand so etwas wie ein Schuppen oder eine Garage. Auf der rechten Seite hatte man einen Nutzgarten. Die Ernte war vermutlich überschaubar, da es an Sonnenlicht fehlte. Zumindest hatte man genug Wasser, denn hinter dem Haus verlief der kleine Bach.

Sie sahen weder Klingel noch Glocke. Lars klopfte gegen die Tür. Sie hörten, aber drinnen tat sich nichts. Höbel versuchte es erneut, aber diesmal etwas fester.

Schließlich hörten sie drinnen Schritte, und die Tür öffnete sich. Das Alter der Frau war schwer einzuschätzen. Vielleicht fünfzig oder ein paar Jahre mehr. Sie trug einen weißen Arbeitskittel und Pantoffeln an den Füßen. Sie war vermutlich früher einmal eine sehr schöne Frau gewesen. Das konnte man immer noch erkennen. Aber jetzt hatte sie diesen bitteren Zug um den Mund und dunkle Ränder unter den Augen.

Sie schaute die Neuankömmlinge misstrauisch an.

„Sag, ich käme aus Deutschland und hätte Nachricht von ihren Söhnen."

Lissy grüßte die Frau zunächst und übersetzte dann wie gewünscht."

Plötzlich blitzten die Augen der Frau, es erklang ein Redeschwall, und sie schlug heftig die Tür zu.

„Was war das denn jetzt?", erkundigte sich Lars.

„Das war wohl nicht der richtige Türöffner", fand Lissy. „Sie sagt, ihre Söhne seien nie in Deutschland gewesen. Außerdem ginge uns das nichts an. Wir sollen machen, dass wir ihr Grundstück verlassen. Sie hätte eine Flinte."

„Das glaube ich ihr sogar. Vermutlich haben in diesem Dorf alle ein Gewehr, um so die Speisekarte zu erweitern. Lassen wir es nicht soweit kommen und gehen ein paar Schritte zurück."

„Und jetzt?", fragte Lissy.

„Ich bin überzeugt, dass sie mit den beiden in Verbindung steht. Aber für heute lassen wir es dabei bewenden. Wir kommen wieder. Keine Frage."

Lars hatte am gestrigen Nachmittag noch ein paar Lebensmittel besorgt. Abends war er dann mit Lissy erneut um die Häuser gezogen. Er hatte sich aber mit Alkohol zurückgehalten.

Am Morgen klingelte frühzeitig der Wecker. Nach einem kurzen Frühstück machte er sich auf den Weg.

So ganz genau wusste er nicht, wie er vorgehen sollte. Aber er wusste, dass er Lissy nicht dabeihaben wollte. Möglicherweise konnte es gefährlich werden.

Er parkte den Yeti kurz vor dem Ort in einem Waldweg und ging den Rest des Weges zu Fuß. Hinter einem Busch versteckt beobachtete er, wie viele Menschen das Dorf verließen. Einige junge Frauen, die wohl Kinder zur Schule oder in den Kindergarten gebracht hatten, kamen bald darauf zurück, und es kehrte wieder Stille im Dorf ein.

Der Gewitterschauer der vorletzten Nacht hatte kaum Abkühlung gebracht. Auch hier im Schatten wurde es allmählich heiß und schwül.

Höbel näherte sich entlang des Bachlaufs dem Haus der Gunneschs, wobei er darauf achtete, dass er nach Möglichkeit nicht gesehen wurde. An einer Stelle, von der er eine gute Sicht hatte, hielt er inne.

So stand er da und beobachtete. Alles schien ruhig zu sein. Er hatte Durst und bedauerte bereits jetzt, dass er sich nichts zu trinken mitgenommen hatte. Und da war auch eine hartnäckige Mücke, die andauernd in der Nähe seines Ohres dieses sirrende Geräusch hören ließ, was ihm gehörig auf den Geist ging.

Es kam ihm viel länger vor, aber es waren noch keine zwei Stunden, da kam Maria Gunnesch aus einem Seiteneingang des Hauses. Sie trug einen Weidenkorb mit sich und verschwand im Wald. Im ersten Moment glaubte er, dass sie wohl Pilze suchen ging, aber dafür war nicht die richtige Jahreszeit. Vielleicht also Beeren oder sonstige Waldfrüchte.

Jetzt galt es, sich zu beeilen. Das Schloss der Seitentür, aus der sie getreten war, war einfach und uralt. Leider führte er keinerlei Werkzeug mit sich.

Doch er hatte Glück. Die Tür des Schuppens war nicht verschlossen. Darin fand er einen dickeren Draht, den er sich mit einer Zange zurechtbog.

Als er sich an der Tür zu schaffen machte, hatte er den Eindruck, dass er beobachtet würde. Er sah sich um. Tatsächlich, auf der Straße stand der Junge mit dem Rollstuhl und blickte zu ihm herüber. Höbel hatte ihn vorher nicht bemerkt.

Der Junge lächelte, als Höbel ihn ansah.

Lars legte den Zeigefinger senkrecht auf seinen Lippen.

Der Junge hatte verstanden und nickte.

Höbel wandte sich wieder der Tür zu, die dann auch gleich aufsprang.

Er befand sich in einer Art Abstellkammer. Auf dem Boden standen mehrere Arbeitsschuhe. An den Wänden hing an einigen Haken Arbeitskleidung. Er sah einen tropfenden Wasserhahn mit einem metallenen Waschbecken darunter. Von dem Raum führte eine grobe Holztür ins Innere des Hauses. Vor der standen einige Pantoffelpaare.

Die Tür war unverschlossen. Höbel ging hindurch und befand sich in einem schmalen Flur, von dem mehrere Türen abgingen. Er nahm die erste auf der rechten Seite und ging in den Raum.

Offenbar war das ein Wohn- und Arbeitszimmer. In dem Halbdunkel konnte er kaum etwas erkennen. Er zog zuerst die Vorhänge zu, ehe er das Licht einschaltete.

Zu seinem Erstaunen war das Zimmer recht modern eingerichtet. Eine schwarze Ledercouch mit zwei Sesseln, moderne Schränke aus einem hellen Massivholz, ein großer Fernseher mit Flachbildschirm. In einer Ecke stand ein Schreibtisch. Darauf stand ein aufgeklappter Laptop. Wie es schien, hatte man in diesem Tal nicht nur Handy-, sondern auch Fernsehempfang und wohl auch Internet.

Auf einer Anrichte sah er einige gerahmte Fotos. Vermutlich zeigten alle Mitglieder der Familie Gunnesch. Da war ein Schwarz-Weiß-Foto, auf dem man eine Frau und einen Mann in einer festlichen Tracht sehen konnte. Ein Bild war unverkennbar das Hochzeitsfoto von Maria. Ein Foto fand jedoch Höbels besondere Aufmerksamkeit. Es zeigte drei junge Männer mit einer jungen, ja fast noch jugendlichen Frau. Zwei der Gezeigten kannte Lars. Das waren Cornel und Ion. Der dritte Mann sah den beiden sehr ähnlich. Anscheinend gab es noch einen weiteren Bruder. Möglicherweise war die junge Frau eine Schwester der drei. Vielleicht handelte es sich aber auch um die geheimnisvolle Fremde, von der der Junge gesprochen hatte.

Höbel zog sein Handy aus der Tasche, legte die Fotos auf den Tisch und fotografierte sie.

Dann wandte er sich dem Laptop zu. Er hatte es eigentlich nicht anders erwartet. Er war gesichert. Es war ein sinnloses Unterfangen, hier Zeit mit der Suche nach dem richtigen Passwort zu vergeuden.

Also machte er sich an die Durchsuchung des Schreibtischs, der nicht verschlossen war. Auch das gestaltete sich schwierig, da er Rumänisch nicht beherrschte. Aber er fand nichts, das wie eine Handynummer oder eine deutsche Adresse aussah.

Plötzlich hielt er inne. Hatte er nicht eben eine Autotür schlagen gehört? Er ging zum Fenster und schob vorsichtig ein Stück des Vorhangs zu Seite. Tatsächlich, im Hof stand ein alter Lada.

Es war an der Zeit zu verschwinden. Er nahm sich nicht die Zeit, die Vorhänge wieder zu öffnen und das Licht auszuschalten.

Er trat in die Kammer, durch die er das Haus betreten hatte. Es war mehr ein Gefühl, als dass er etwas wahrgenommen hätte. Er drehte sich zur Seite. Dann sah er den Mann aus den Augenwinkeln. Instinktiv wollte er noch die Arme heben, um den Schlag abzuwehren. Aber es war zu spät. Er spürte einen heftigen Schmerz am Kopf. Dann wurde um ihn herum alles schwarz.

Höbel erwachte, als er heftige Tritte in seinen Bauch spürte. Er wollte sich bewegen, aber er war dazu außerstande. Langsam öffnete er die Augen. Er erkannte den Mann, der ihn trat. Es war der dritte Mann auf dem Bild, das er vorhin gesehen hatte. Maria Gunnesch wohnte also nicht allein hier. Warum hatte er das nicht in seine Überlegungen einbezogen?

Anscheinend betraten die Familienmitglieder das Haus durch den Nebeneingang, um dort ihre verschmutzten Schuhe auszuziehen. Dabei musste der dritte Bruder ihn irgendwie gehört haben und hatte ihn mit irgendetwas niedergeschlagen. Diesmal hatte er allerdings seine Schuhe nicht ausgezogen, wie Höbel schmerzhaft erfahren musste.

Höbel war an Händen und Füßen mit Klebeband gefesselt. Während Gunnesch ihn malträtierte, redete er unablässig auf ihn ein. Natürlich verstand Höbel kein Wort. Dem anderen schien es genauso zu gehen, wenn er in Deutsch antwortete.

Schließlich ließ er von Höbel ab, um ein großes Messer zu holen. Lars war schon auf alles Mögliche gefasst, aber er zerschnitt ihm lediglich die Fußfesseln, um ihn danach hoch zu zerren und in Richtung einer Tür zu schubsen, die er öffnete.

Höbel sah eine Treppe, die in die Dunkelheit führte. Dann spürte er einen Stoß in den Rücken und fiel ins Leere.

Höbel wusste nicht, wie lange er erneut das Bewusstsein verloren hatte. Als er erwachte, lag er auf dem Boden. In seinem Mund spürte er ein Stück Stoff, das man mit Klebeband fixiert hatte. Seine Füße waren erneut gefesselt.

Hier unten war es irgendwie feucht und roch muffig. Vermutlich war der nahe Bach für die Feuchtigkeit verantwortlich. Es war stockdunkel. Lediglich oben, wo die Tür sein musste, war ein leichter Schimmer zu sehen.

Anscheinend war Maria Gunnesch zurückgekommen, denn Höbel hörte einen Mann und eine Frau reden.

Höbel ärgerte sich. Sein Vorgehen war nicht gerade professionell gewesen. Was würden die wohl mit ihm machen? Wenn er an die Ereignisse in Deutschland dachte, schienen die Gunneschs nicht gerade zimperlich zu sein. Hätte er wenigstens Lissy mitgeteilt, was er vorhatte. Aber so bestand kaum Hoffnung, dass man ihn hier aufspüren würde.

Kapitel 10

Eine Zeit lang versuchte Höbel, sich von seinen Fesseln zu befreien. Schließlich sah er die Sinnlosigkeit dieses Unterfangens ein und gab entkräftet auf. Dann verfiel er in einen Zustand, den man wohl am ehesten mit dumpfem Dahindämmern bezeichnen konnte. Er verlor jegliches Gefühl für Raum und Zeit.

Er wusste nicht, wie lange dieser Zustand angedauert hatte. Aber urplötzlich war er wieder hellwach. Irgendetwas ging da oben vor sich. Es waren Schritte von mehreren Personen zu hören, und die Stimmen, die zu ihm herunter drangen, ließen darauf schließen, dass heftig debattiert wurde.

Instinktiv probierte er, um Hilfe zu rufen. Aber es wurde nur ein klägliches Röcheln. Irgendwie musste er sich bemerkbar machen, irgendwelche Geräusche verursachen. Vielleicht gegen etwas treten, denn seine Knie konnte er ja noch bewegen. Er klopfte mit den Füßen auf den Boden. Aber das war nicht laut genug. Ziellos kroch er in eine Richtung, bis er auf Widerstand traf. Dort stand ein Regal oder etwas Ähnliches. Mit beiden Füßen stampfte er dagegen. Das war schon lauter. Er versuchte es noch fester. Das Regal wankte, und einige Sachen, die darauf gelagert waren, schepperten und klirrten.

Rhythmisch folgte ein Tritt nach dem anderen. Gegenstände fielen herab. Schließlich gab das Regal nach und stürzte über ihm zusammen.

Die Diskussionen oben verstummten. Dann wurde die Tür aufgerissen, und das Licht ging an.

Zwei Uniformierte eilten zu ihm herab und befreiten ihn von dem ganzen Zeug, das auf ihm lag. Einer hatte ein Messer dabei, mit dem er seine Fesslen zerschnitt. Vorsichtig halfen sie ihm auf die Beine. Er war noch etwas wackelig, aber als die Durchblutung in seine Glieder zurückkam, gelang es ihm, ohne Hilfe nach oben zu gehen.

Oben standen weitere Polizisten und der dritte Gunneschbruder, dem man Handschellen angelegt hatte. Der sagte irgendetwas zu einem der Polizisten. Fragend richteten sich die Blicke der anderen Uniformierten auf diesen. Der stieß einen kurzen bellenden Befehl aus, und im Nu hatte man Höbel ebenfalls Handschellen angelegt.

Als sie nach draußen kamen, bemerkte Höbel, dass es bereits Nacht war. Im Hof standen zwei Streifenwagen. Man verfrachtete Gunnesch in den einen und Höbel in den anderen. Dann fuhr man mit ihnen aufs Revier nach Sibiu.

Dort leerte man Höbel die Taschen und legte Autoschlüssel und Handy zusammen mit seiner Uhr, die man ihm abnahm, auf einen Tisch. Zu Höbels Erstaunen fehlte seine Brieftasche. Er versuchte, darauf hinzuweisen, aber man verstand ihn nicht.

Irgendetwas schrieb man in einen Vordruck und nötigte ihn zu unterschreiben, nachdem man ihm die Handschellen gelöst hatte.

Dann ging man mit ihm nach unten und schloss eine Tür auf.

Lars blickte in einen komplett weiß gefliesten Raum. Auf einem ebenfalls gefliesten Podest lag eine zerschlissene Matratze. Daneben stand ein grob zusammengezimmertes Schränkchen. Außer einer Toilette und einem Waschbecken gab es weiter keine Einrichtung.

Man stieß ihn hinein, und die Tür schloss sich hinter ihm.

Zu allererst stürzte er sich auf den Wasserhahn und trank in gierigen Schlucken. Dann setzte er sich erschöpft auf die Matratze. Er war von einem Gefängnis ins andere geraten. Aber das hier war immer noch besser, als die Ungewissheit, die ihn im Keller gequält hatte.

Irgendwann ging das Licht aus, und er verfiel tatsächlich für einige Stunden in einen tiefen Schlaf.

Am nächsten Morgen wurde er durch das knirschende Geräusch einer Klappe geweckt, die in die Tür eingelassen war. Jemand stellte von der anderen Seite ein Tablett darauf.

„Ich möchte jemand vom deutschen Konsulat sprechen!", rief Höbel, denn sein Großvater hatte ihm erklärt, dass es hier ein Konsulat gab, an das er sich wenden könne, falls er in Schwierigkeiten geraten würde. Und in Schwierigkeiten befand er sich ja nun wirklich.

Er erhielt keine Antwort auf seine Bitte. Auf dem Tablett stand eine Blechtasse mit einer warmen Flüssigkeit, die entfernt an Kaffee erinnerte. Auf einem Teller, der ebenfalls aus Blech war, lagen zwei Scheiben Brot, etwas Margarine und drei Scheiben einer Art Salami. Dazu gab es ein Plastikmesser, das sofort zerbrach, als er es benutzen wollte.

Es war nicht gerade das feudalste Frühstück, aber das hier war ja auch kein Sternehotel. Wenigstens gab man ihm etwas zu essen, denn er hatte wirklich Hunger.

Gegen Mittag erfolgte die gleiche Prozedur. Es gab Kartoffeln, Möhren und eine grobe Bratwurst. Höbels Einwände wurden einfach ignoriert. Er fragte sich, wie lange sie ihn denn noch eingesperrt lassen wollten. Er kannte sich mit den rumänischen Gepflogenheiten nicht so aus. Konnte man ihn länger als vierundzwanzig Stunden ohne Beschluss hier festhalten?

Es dauerte recht lange, bis endlich zwei Polizisten erschienen, die ihm zu verstehen gaben, dass er mitkommen sollte.

Sie brachten ihn zu einem Aufzug, mit dem sie mehrere Stockwerke nach oben fuhren. Als sie den Aufzug verließen, befanden sie sich in einem Bürotrakt.

Das Zimmer, in das sie gingen, schien eine Art Vorzimmer zu sein. Die Sekretärin wusste anscheinend Bescheid, denn sie brachte Höbel gleich in ein angrenzendes Büro, das zu seinem Erstaunen unbesetzt war. Durch die großen Fenster hatte man einen schönen Ausblick über die Stadt. Das Büro war recht nobel eingerichtet. Es gehörte sicher nicht zu einem der unteren Chargen.

Man platzierte ihn auf einem der kleinen Ledersessel, die vor einem großen Schreibtisch standen, auf dem außer der Telefonanlage und einer dunklen Schreibtischunterlage kaum etwas stand oder lag.

Die Sekretärin verschwand, um gleich darauf mit einem Tablett zurückzukommen, auf dem eine Kaffeekanne nebst zwei Tassen, Zuckerdose und Milchkännchen standen, die sie auf den Schreibtisch stellte.

Höbel war darüber recht verwundert. Diese noble Behandlung hätte er nicht erwartet.

Kurz darauf betrat ein groß gewachsener Mann mittleren Alters den Raum. Er hatte kurz geschorene dunkle Haare und trug eine dunkle Hose und ein weißes Hemd mit Schulterklappen.

Höbel kannte sich nicht mit den Abzeichen der rumänischen Polizei aus, sodass er nicht sagen konnte, was für einen Dienstrang der Mann wohl innehatte. Aufgrund seines ganzen Gebarens schien er aber offenbar recht einflussreich zu sein.

Er schenkte zwei Tassen ein. „Milch und Zucker nehmen Sie bitte selbst", sagte er in akzentfreiem Deutsch.

Dann setzte er sich Höbel gegenüber, trank einen Schluck Kaffee und sah Höbel eindringlich an.

„Kennen Sie Marburg, Herr Höbel?", fragte er unvermittelt. „Ich war da zweimal mit einer Delegation unserer Stadt", fuhr er fort, ohne die Antwort abzuwarten. „Eine schöne Stadt, nette Leute. Marburg ist eine unserer Partnerstädte. Wenn ich den Leuten damals erzählt hätte, dass ein deutscher Polizeibeamter hier in Rumänien in ein Wohnhaus einbricht, hätte man das vermutlich als Utopie abgetan."

Höbel fragte sich, woher sein Gegenüber seinen Namen kannte und woher er wusste, dass er Polizeibeamter war. Doch die Erklärung folgte sofort.

„Wir haben Ihre Brieftasche mit Ausweis. Dorinel Gunnesch trug sie bei sich. Da war es kein Problem mehr, den Rest herauszufinden. Wir haben Ihren Namen in eine Suchmaschine eingegeben. Danach hatten wir mehrere Treffer. Im Gegensatz zu Ihrem Auftreten hier, scheinen Sie ja ein ganz passabler Polizist zu sein, soweit man das den Zeitungen glauben kann.

Ich habe bei der Kriminalpolizei in Koblenz anrufen lassen. Da wurde gesagt, dass Sie sich im Urlaub befänden. Also ist diese Aktion wohl nicht abgesprochen.

Ich will nicht von Ihrem dilettantischen Vorgehen reden. Wer weiß, was passiert wäre, wenn nicht dieser Junge hier angerufen hätte. Natürlich wissen wir, dass nach Cornel und Ion Gunnesch gefahndet wird. Deshalb haben wir auch gleich die Kollegen losgeschickt.

Besonders ärgert mich, dass Sie einfach losgezogen sind, ohne sich vorher mit uns in Verbindung zu setzen. Sieht so die viel gepriesene europäische Zusammenarbeit aus? Was glauben Sie? Wie würde Ihren Vorgesetzten die Schlagzeile in einem Ihrer Boulevardblätter gefallen, die etwa lautet: *Deutscher Kripobeamter in Rumänien wegen Einbruchs verhaftet*? Ich fürchte, dass Europa noch ganz weit voneinander entfernt ist.

Was soll ich nur mit Ihnen anfangen? Ich habe einfach keine Lust, mich wegen Ihrer idiotischen Aktion herumzuärgern und auf die ganze damit verbundene Bürokratie, die daran hängt, wenn wir den Fall weiter verfolgen, und am Ende kommt doch nichts dabei heraus. Dann war alles nur ein großes Missverständnis.“

Er drückte einen Knopf an seiner Telefonanlage und sprach etwas hinein. Kurz darauf brachte die Sekretärin ein Kuvert, das sie Höbel in die Hand drückte.

„Sehen Sie nach, ob alles drin ist, und dann verschwinden Sie!“

Höbel nahm seine Sachen und ging. Was sollte er auch anderes tun?

Auf dem Flur nahm er sein Handy. Der Akku war fast leer. Aber für einige Anrufe würde er wohl noch reichen.

Ulla Stein nahm den Anruf entgegen, als ihr Telefon läutete.

„Hier ist Höbel, ich befinde mich hier in Rumänien …"

„Wo sind Sie?", unterbrach Ulla erstaunt.

„In Sibiu, Rumänien. Ich erkläre das alles später, denn mein Akku ist bald leer. Man sagte mir, dass die beiden Gunneschs mit einer geheimnisvollen Frau weggefahren sind, die schon öfter hier war. Ich war in dem Wohnhaus der beiden. Dort habe ich einige Bilder fotografiert, die ich Ihnen gleich übermittle. Ich möchte Sie auf eines aufmerksam machen, das die beiden mit einem weiteren Bruder, den ich ebenfalls kennenlernen musste, und einer Frau zeigt. Ich weiß nicht, ob es sich dabei um die geheimnisvolle Fremde oder eine Schwester handelt. Aber es könnte eine Spur sein. Ich muss jetzt Schluss machen. Wir sehen uns demnächst."

Ulla sah das Telefon fassungslos an, als Höbel aufgelegt hatte. Kopfschüttelnd rief sie Leyendecker an und bat ihn, zu ihr zu kommen.

„Stell dir vor. Höbel ist in Rumänien, und er war im Haus der Gunneschs."

„Der Kerl überrascht einen immer wieder. Wieder so ein Alleingang. Es kam mir gleich komisch vor, dass er sich dringend eine Auszeit

182

nehmen wollte, wo der Fall gerade erst wieder spannend wurde."

„Warte, ich schaue mal nach, ob die Fotos bereits da sind. Da sind sie ja."

„Mach das Foto mit den vier Personen mal etwas größer. Die Frau kommt mir tatsächlich bekannt vor."

„Natürlich, das ist Jana Klein, Westermanns Haushälterin. Was, um alles in der Welt, hat das denn zu bedeuten?"

„Das weiß ich auch nicht. Möglicherweise waren wir ganz schön auf dem Holzweg. Wir müssen sofort zu Westermann."

Unterwegs rief er Berger an. „Karlchen, kommt sofort zu Westermanns Wohnung, es eilt!"

Sie läuteten unten an der Eingangstür. Es tat sich nichts. Wahllos drückte Leyendecker mehrere Klingelknöpfe.

Eine Frauenstimme meldete sich. „Wer ist denn da?"

„Hier ist die Polizei. Wir müssen sofort ins Haus. Bitte öffnen Sie die Haustür."

„Woher soll ich denn wissen, dass Sie die Wahrheit sagen?"

„Ich weiß, man soll nicht so leichtgläubig sein. Aber es ist wirklich wichtig. Machen Sie bitte auf."

„Na gut. Aber ich werde bei der Polizei anrufen."

„Tun Sie das. Sagen Sie, Leyendecker und Stein seien hier."

Der Summer ertönte. Sie öffneten und rannten die Treppe hoch.

„Es ist abgeschlossen", stellte Ulla fest.

„Wir haben keine Zeit! Geh zur Seite! Und nimm deine Waffe! Falls die Kerle noch drin sind." Leyendecker warf sich mit der ganzen Wucht seines Körpers gegen die Tür, die daraufhin krachend und splitternd aufflog.

Mit gezogener Waffe stürmten sie in jedes Zimmer.

„Es ist niemand da", sagte Ulla. „Was machen wir hier eigentlich."

„So genau weiß ich das auch nicht", antwortete Leyendecker. „Aber ich weiß, dass die Sache faul ist, oberfaul."

Mittlerweile waren Berger und Starck da, die sich konsterniert ansahen. „Was ist denn hier los?", fragte Karlchen.

„Keine Zeit für Erklärungen", antwortete Leyendecker. „Wir müssen sofort zu Jana Klein."

„Wer ist das, und wo wohnt die?"

„Das ist Westermanns Haushälterin. Frag halt nach. Sie sollen in der Meldedatei nachsehen. Und sag ihnen, sie sollen noch einen Wagen herschicken. Die Kollegen müssen hier absperren. Und die Spurensicherung muss benachrichtigt werden. Die Bude muss komplett auf den Kopf gestellt werden."

Gleich darauf hatten sie Jana Kleins Adresse. „Wir müssen da hin", sagte Leyendecker. „Aber seid vorsichtig, und zieht eure Westen an. Es kann sein, dass Cornel und Ion Gunnesch da sind."

Jana Klein bewohnte eine kleine Einliegerwohnung *In der Freiheit*. Auf ihr Läuten erfolgte keine Reaktion.

Aber inzwischen war die Vermieterin auf das Polizeifahrzeug aufmerksam geworden, das vor ihrem Haus parkte. Neugierig kam sie näher. „Wollen Sie zu Frau Klein?"

„Ganz recht", antwortete Ulla. „Sie scheint nicht zu Hause zu sein."

„Ich habe sie seit zwei Tagen nicht gesehen."

„Sie haben doch sicher einen Schlüssel?", vermutete Ulla.

„Den habe ich. Aber ich weiß nicht, ob ich Ihnen den geben darf. Brauchen Sie nicht irgend so ein Schreiben dafür?"

„Sie meinen einen Durchsuchungsbeschluss. Ich versichere Ihnen, den brauchen wir in diesem Fall nicht. Wir tragen die Verantwortung."

Anscheinend schien sie beruhigt zu sein. Denn sie kam nach kurzer Zeit mit dem Schlüssel zurück.

Es war schon erstaunlich, wie viele Menschen ihre Bedenken sofort verloren, wenn ein anderer erklärte, die Verantwortung für etwas zu übernehmen.

„Gehen Sie bitte ins Haus zurück", bat Ulla. „Vermutlich haben Sie recht, und die Wohnung ist leer. Aber man kann ja nie wissen."

Als sie die Wohnung betraten, fanden sie sie tatsächlich leer vor. Anscheinend hatte jemand in aller Eile ein paar Sachen gepackt und war dann verschwunden.

„Der Vogel ist ausgeflogen", erklärte Leyendecker.

„Und jetzt?", fragte Ulla.

„Gute Frage. Ich weiß auch nicht. Fahndung und abwarten. Was bleibt uns schon anderes übrig."

„Wir könnten es ja mit einem Hund versuchen", schlug Ulla vor.

„Ich glaube nicht, dass der uns viel weiterhilft. Aber er kann uns auch nichts schaden. Bella war doch beim letzten Mal noch recht gut beieinander. Ich rufe Zürke gleich einmal an. Er und Bella freuen sich vermutlich über jegliche Abwechslung."

Der pensionierte Kollege war gleich am Telefon. „Hallo Hermann. Haben Bella und du Zeit und Lust, etwas zu schnüffeln? Das habe ich mir gedacht. Wir treffen uns oben auf dem Alten Markt. Da wo die Friedrichstraße anfängt."

Der Hund schien zu ahnen, dass es wieder etwas für ihn zu tun gab, denn seine Rute ging aufgeregt hin und her und er zerrte in froher Erwartung an der Leine.

„Kommt mit nach oben", sagte Leyendecker. „Wir suchen den Hausherrn", erklärte er, als sie oben ankamen.

„Seit wann ist er verschwunden?", erkundigte sich Zürke.

„Genau wissen wir das nicht. Möglicherweise mehr als zwei Tage. Ist das für deinen Hund zu lang?"

„Normal ist das kein Problem für sie. Die Schuhe dort, gehören die ihm?"

„Höchstwahrscheinlich ja."

Zürke ließ den Hund Witterung aufnehmen. „Bella such!"

Sofort rannte der Hund los und zog Zürke hinter sich her. „Langsam! Gleich fallen wir beide die Treppe runter."

Der Hund bog zielgerichtet nach rechts ab, als sie aus der Haustür kamen. Dann verließ er die Friedrichstraße und landete schließlich auf dem Parkplatz vor der Bücherei. Hier lief er unruhig hin und her.

„Sie hat die Spur verloren", stellte Zürke fest.

„Das war´s dann wohl", sagte Leyendecker. „Vermutlich sind sie hier in ein Auto gestiegen. Ich danke euch beiden. Wenn wir uns das nächste Mal sehen, gebe ich ein Bier aus, und Bella erhält eine Leberwurst."

„Jederzeit gerne", sagte Zürke und ging.

„Das ist die schlimmste Zeit bei der Bearbeitung eines Falles", sagte Ulla resigniert. „Die Zeit, in der man zur Untätigkeit verurteilt ist. Westermann ist verschwunden, zwei Menschen wurden getötet. Wir wissen auch, wer dafür verantwortlich ist, oder besser gesagt, wahrscheinlich dafür verantwortlich ist. Und wir sitzen hier tatenlos herum und warten, was die Fahndung ergibt."

„Du hast zweifellos recht", stimmte Leyendecker ihr zu. „Genau so unbefriedigend ist, dass wir keine Ahnung haben, was die Ursache für das alles ist.

Die beiden Brüder haben die Morde verübt. Welchen Grund hatten sie dafür? Jana Klein kennt die Gunneschs. Woher kennt sie die. Und welche Verbindung besteht zu den Westermanns. Oder wird uns alles nur vorgespielt, und Westermann steckt doch hinter all dem?"

„Das glaube ich eher nicht. Das haben wir ja bisher angenommen. Aber warum sollte er seine eigene Entführung inszenieren? Wenn er abhauen wollte, hätte er das einfacher und unauffälliger haben können. Geht es um Lösegeld? Wer sollte für Westermann Lösegeld bezahlen. Du hast eben nach der Verbindung zwischen den Gunneschs, Jana Klein und Westermann gefragt. Das müssen wir herausfinden."

„Ganz klar", bestätigte Leyendecker. „Dafür müssen wir uns die Vergangenheit der beteiligten Personen ansehen. Ob sich Jana Klein und Westermann kannten?"

„Ich glaube nicht. Sie wurde zwar in Essen geboren, aber hätte er sich dieses Kuckucksei ins

Nest legen lassen, wenn er sie gekannt hätte? Das ist doch sehr unwahrscheinlich."

„Dazu fallen mir zwei Antworten ein. Gerade weil er sie kannte, hat er sie eingestellt. Er hat sich nur in ihr getäuscht. Die zweite Möglichkeit ist, dass er sie sehr wohl von früher kannte, aber sie nicht erkannt hat. Er wusste nicht, wen er da vor sich hat."

„So etwas Ähnliches ist mir auch schon im Kopf herumgeschwirrt", erklärte Ulla. „Ich habe deshalb beim Essener Jugendamt angerufen. Die haben sich blöd gestellt und auf ihre Schweigepflicht berufen. Daraufhin habe ich ihre Aufenthaltsorte genauer überprüft. Bis sie acht Jahre war, hat sie bei ihrer Mutter gewohnt. Dann ist ihre neue Adresse ein Kinderheim. Alle anderen Adressen bis zu ihrem achtzehnten Geburtstag sind betreute Wohnstätten für Jugendliche und ähnliche Einrichtungen."

„Da haben wir doch unsere Verbindung. Westermann muss sie nicht zwingend persönlich gekannt haben, aber er hatte zweifellos als Leiter des Jugendamtes mit ihr zu tun. Das Gleiche gilt wohl auch für seine Frau. Irgendetwas ist da vorgefallen."

„Das führt uns aber leider immer noch nicht zu den Aufenthaltsorten der Beteiligten."

„Aber es ist ein Anfang."

Das Telefon klingelte. Leyendecker meldete sich.

„Sehen Sie sich Ihre E-Mails an!", erklang eine weibliche Stimme.

Leyendecker tat wie ihm geheißen. Er hatte eine Nachricht von einem unbekannten Absender. Er klickte sie an. Dort fand er die Aufforderung vor, auf eine bestimmte Website zu gehen. Er ignorierte alle Warnungen, dass man solche Links wegen der Virengefahr normalerweise nicht öffnen sollte. Was er dann sah, veranlasste ihn, sofort Ulla und ihren Anwärter Schneider zu sich zu bitten. Schneider trug er auf, seinen Laptop mitzubringen.

„Seht euch das an", sagte er und an Schneider gewandt: „Können Sie sich da zuschalten?"

„Kein Problem" erwiderte der und tippte einige Befehle ein. Dann gab er Leyendecker seinen Computer und drehte sich weg. „Geben Sie bitte Ihr Passwort ein."

Leyendecker befolgte den Wunsch. „Zeichnen Sie bitte alles auf."

Auf dem Bildschirm sah man einen Mann, der auf einem Stuhl saß. Er schien ohnmächtig zu sein. Seine Hände waren auf den Rücken gefesselt.

„Mein Gott, das ist Westermann", sagte Ulla. „Seht ihr die Zeit, die da läuft. Das ist keine Aufzeichnung. Das ist live."

„Da ist noch eine Zeit an dieser komischen Vorrichtung zu sehen", stellte Leyendecker fest.

„Die läuft rückwärts. Das sieht aus wie ein Countdown."

Der Rücken eines Mannes kam ins Bild. Er trug einen mit Wasser gefüllten Eimer, den er Westermann ins Gesicht schüttete. Dann schlug er den Wehrlosen mehrmals mit der flachen Hand ins Gesicht. „Er kommt langsam zu sich", sagte er in Richtung der Kamera.

Als der Mann sich umdrehte, sahen sie, dass es einer der Gebrüder Gunnesch war.

„Kann man feststellen, wo das Signal herkommt?", fragte Leyendecker.

„Wohl kaum", erwiderte Schneider. „Zumindest nicht in einer angemessenen Zeit. Das Signal wird mehrfach um die Welt gejagt. Die Surfer können überall stehen, ob in Timbuktu oder Nowosibirsk."

Westermann öffnete die Augen und stöhnte. Eine Frau kam ins Bild.

„Das ist Jana Klein", sagte Ulla. „Wir müssen irgendetwas tun.

„Ich wüsste nicht was", erwiderte Leyendecker. „Lasst uns weiter zuschauen, vielleicht finden wir einen Anhaltspunkt, wo das ist.

„Ich wette, Sie wissen nicht, wer ich bin?"

„Sie sind Jana Klein, meine Haushälterin", antwortete Westermann gepresst. „Was soll das alles hier?"

„Als wir uns das erste Mal trafen, hieß ich noch Jana Kerber. Wahrscheinlich sagt Ihnen das auch nichts. Für Sie waren wir ja immer nur gesichts- und namenlose Wesen, an denen Sie sich bereichert haben. Bei Ihrer Frau war das möglicherweise anders. Das Risiko konnten wir nicht eingehen.

Erinnern Sie sich immer noch nicht? Denken Sie an das Köhlerehepaar in Rumänien."

Entsetzen trat in Westermanns Augen. „Mein Gott, das waren Sie. Sie haben die beiden umgebracht. Ich habe angenommen, die beiden wären überfallen worden, und Sie wären abgehauen."

„Sie hatten es verdient. So wie Ihre Frau es verdient hatte und so, wie Sie es verdienen.

Eigentlich hatte ich alles verdrängt. Ich wollte das Erlebte einfach nur vergessen. Dann tauchten Sie und Ihre Frau hier auf und lebten wie die Made im Speck. Ich musste mich mit einem Halbtagsjob durchschlagen. Das war so ungerecht. Das musste ich einfach ändern.

Ich glaube, ich habe Ihnen meine Begleiter noch nicht vorgestellt. Das sind Cornel und Ion. Cornel hat mich damals im Wald gefunden. Ich hatte mir den Fuß gebrochen. Die beiden und ihre Mutter haben mich aufgenommen und sich rührend um mich gekümmert. Sie sind wie Brüder für mich."

„Da steht allerhand alter Kram rum", sagte Leyendecker. Vermutlich ein alter Schuppen oder eine alte Scheune."

„Das kann überall sein", meinte Ulla.

„Du hast recht, das hilft uns leider nicht weiter.

„Vielleicht ist Ihnen da vorne das Paket mit der Uhr aufgefallen. Das ist eine Sprengladung. Es liegt an Ihnen, ob wir den Zünder ausschalten, wenn wir gehen, oder ob wir ihn einfach weiter laufen lassen.

Wo war ich stehen geblieben? Ach ja. Als ich Sie beide sah, überkamen mich solche Hassgefühle. Noch stärker allerdings war mein Empfinden, dass das ganze Geld eigentlich eher mir zusteht. Wie viel haben Sie eigentlich mit dieser Masche verdient? Lassen Sie mich überlegen. Im Schnitt hatten Sie wohl immer etwa zehn Jugendliche untergebracht. Oder man sollte besser sagen, als Sklaven vermittelt. Was haben Sie diesen sogenannten Gasteltern dafür bezahlt? Vielleicht dreihundert monatlich, oder hat es gereicht, dass Sie denen billige Arbeitskräfte vermittelt haben? Von den anderen Sachen, die diese Wohltäter glaubten in Anspruch nehmen zu können, wollen wir hier gar nicht reden. Hinzu kamen noch etwa tausend Euro Transportkosten. Grob geschätzt hatten Sie jährlich also Ausgaben von höchstens fünfzigtausend Euro. Was haben Sie der Stadt Gelsenkirchen mit gefälschten Rechnungen berechnet? Etwa fünftausend im Monat für jeden Jugendlichen? Berichte über die Betreuung der Untergebrachten haben Sie natürlich auch gefälscht. Ich wette Sie haben die Übersetzungen vom Rumänischen ins Deutsche auch selbst gemacht. Die dann offiziell in Ihrer Dienstzeit. Sie müssten im Jahr mindestens eine halbe Million in Ihre Tasche gewirtschaftet haben. Wie lange ging das so? Acht oder neun Jahre?"

„Donnerwetter", entfuhr es Schneider, „der Kerl hat sich ja dumm und dämlich verdient. Das ist mal eine lukrative Geschäftsidee."

Ulla sah ihn missbilligend an.

„Ich habe das alles nur zum Wohle der Jugendlichen gemacht."

Ehe er sich versah, fuhr ihm Jana Kleins Hand klatschend ins Gesicht. „Sagen Sie das noch einmal!"

Da war auch schon Cornel Gunnesch da. Er hielt eine Drahtschere in der Hand, die er aufspreizte und Westermanns Nase dazwischen klemmte.

„Hören Sie auf!", jammerte der. „Ich gebe ja alles zu. Der einzeige Zweck war, dass ich mich bereichern wollte."

„Da sind doch irgendwelche Geräusche im Hintergrund", stellte Leyendecker fest. „Kann man die isolieren?"

„Ich werde es versuchen", sagte Schneider.

„Wir haben nicht mehr viel Zeit. Es ist gerade noch eine halbe Stunde."

„Überlegen Sie in Zukunft, was Sie sagen. Sie hatten mit mir keine Skrupel. Warum sollten wir welche mit Ihnen haben?

Ich habe nur kurz überlegt. Dann habe ich mich entschlossen, das von Ihnen durch Betrug erlangte Geld in meinen Besitz zu bringen.

Natürlich brauchte ich dafür Helfer, und da war es naheliegend, dass ich mich an Cornel und Ion wandte. Denen kann ich bedingungslos vertrauen. Die haben erst gezögert, aber schließlich hat die Höhe des zu erwartenden Gewinns sie dann doch überzeugt.

Dann ging alles seinen normalen Verlauf. Da Ihre Frau mich mehrfach gesehen hatte, bestand die Gefahr, dass sie mich wiedererkennen würde. Es blieb kein anderer

Ausweg, als sie zu töten. Wenn ich ehrlich bin, hatte ich dabei auch keine Skrupel. Schließlich war sie an Ihren Schweinereien beteiligt. Ion hat sich ihrer angenommen."

Soweit ich konnte, habe ich die Hintergrundgeräusche isoliert", meldete sich Schneider.

„Lassen Sie mal hören", forderte Leyendecker ihn auf. Er hörte sorgfältig hin. „Noch einmal von vorn."

„Das sind fahrende Autos", sagte Ulla.

„Du hast recht", bestätigte Leyendecker. „Wie es scheint, eine stark befahrene Straße. Aber da ist noch etwas. Hört sich an wie Baumaschinen. Ich glaube, ich weiß, wo das ist. Sie halten sich doch noch hier auf. Diese stark befahrene Straße ist die B 413. Die Stadt ist doch dabei, das Industriegebiet unterhalb der Straße, die nach Oberhattert führt, zu erschließen."

Du erinnerst dich doch an den Fall des Mannes aus Atzelgift, der seine Frau getötet hat?"

„Den Fall werde ich nie vergessen.

„Den haben wir doch in dieser Hütte bei den Fischweihern gefunden. Und da kurz hinter dem Gewerbegebiet steht doch auch eine alte Scheune."

„Natürlich, ich bin ja früher oft da vorbei gelaufen. Seit dem Fall damals aber nicht mehr. Ich fahr da hin."

„Aber nicht allein."

„Dann fahr doch mit."

„Ich glaube, es ist wichtig, dass einer von uns beiden hier weiter zusieht."

„Wenn ich nicht allein fahren soll, kann Herr Schneider ja mit mir kommen."

„Das kann er. Das reicht mir aber nicht. Ich glaube, Karlchen hat im Moment Dienst." Er rief die Wache an. „Verbinden Sie mich bitte mit Berger und Starck."

„Hallo Karlchen. Wo seid ihr im Augenblick."

„Wir sind in Merkelbach. Jemand hat die Vorfahrt auf der Bundesstraße nicht beachtet. Nur Blechschaden."

„Last alles Stehen und Liegen, und kommt nach Hachenburg. Fahrt bei dem Spielwarengeschäft rein. Ihr trefft Ulla in der Einfahrt zu dem kleinen Gewerbegebiet. Zieht euch eure Westen an. Beeilt euch."

Leyendecker sah auf den Countdown. „Noch fünfundzwanzig Minuten. Wenn ihr nicht mindestens fünf Minuten vor der Zeit da drin seid, haut ihr ab! Das ist ein Befehl! Ich rufe dich auf deinem Handy an. Halte die Verbindung. Wenn hier was ist, sage ich dir Bescheid."

„Danach haben wir dann versucht, an Informationen über den Verbleib des Geldes zu kommen. Unsere Begegnung war nicht zufällig. Außerdem hat Ion die Wohnung durchsucht. Leider hatten wir bisher keinen Erfolg.

Dann hat dieser Schnabel auf den Anrufbeantworter gesprochen, als Sie auf Ihrem
Jagdausflug waren. Er wollte Geld von Ihnen und hat erklärt, dass er Beweise hätte.
Ob das wirklich zutraf, weiß ich nicht. Cornel
ist hingefahren, um ihn dazu zu befragen.
Leider ist es nicht dazu gekommen. Der Kerl
ist ausgerastet und hat ihn angegriffen. Cornel blieb nichts anderes übrig, als ihn zu erschießen. Ein bedauerlicher Kollateralscha-
den."

„Ulla, sind Karlchen und Starck eingetroffen? Es
ist noch eine Viertelstunde."

„Ja, wir sehen auf das Gebäude. Es tut sich
rein gar nichts."

„Steht auch kein Auto da?"

„Nichts, absolut tote Hose."

„Seltsam. Ich habe kein gutes Gefühl. Bleibt,
wo ihr seid!"

„Es ist nicht mehr viel Zeit."

„Das weiß ich auch."

„Wie haben Sie eigentlich mein Verschwinden damals erklärt? Ich habe gedacht, man
würde nach mir suchen.

„Ich brauchte Ihr Verschwinden nicht zu
erklären. Aus den Akten sind Sie ja nicht
verschwunden. Sie wurden ja kurz darauf
achtzehn. Danach haben wir Sie offiziell aus
der Betreuung des Jugendamtes entlassen."

Jana Klein lächelte in die Kamera.

Es geht ihr nicht darum, Westermann das alles zu erzählen. Sie berichtet es der Polizei, dachte Leyendecker. Warum geht sie denn das Risiko, dass wir sie schnappen? Ist sie so sicher, dass wir ihren Standort nicht rechtzeitig ermitteln?

Mehr in die Kamera als zu Westermann fuhr Jana Klein fort: „Dann haben sich die Ereignisse ein wenig überschlagen. Dieser Trunkenbold hat Ion angegriffen. Vermutlich hat die Polizei hierdurch Spuren gefunden, die den jungen Mann aus Koblenz veranlassten, nach Rumänien zu fliegen und dort weiter zu graben.

Als man uns sein Bild übermittelte, hatten wir keine Zeit zu verlieren. Allerdings war das nicht weiter tragisch, früher oder später hätten wir ohnehin zu drastischeren Mitteln greifen müssen."

„Wir gehen da jetzt rein", sagte Ulla.

„Aber seid vorsichtig", antwortete Leyendecker.

„Ich schalte jetzt ab."

„Halt warte!", rief er.

„Wir entschlossen uns also, Sie in unsere Gewalt zu bringen. Wir haben nicht mehr viel Zeit. Die Uhr läuft ab. Ich werde Ihnen jetzt einige Fragen stellen. Überlegen Sie also nicht allzu lange.

Wo ist das Geld?"

„Das Geld ist auf einem Nummernkonto bei der Kantonsbank in Zürich."

„Die Kontodaten und den Zugangscode, aber sofort!"

Das Bild wackelte. Dann verschwand es ganz vom Bildschirm. Leyendecker sah nur noch fisseligen Schnee.

„Die Verbindung ist unterbrochen! Sofort da weg!", rief er ins Telefon. Aber Ulla hatte längst aufgelegt.

„Wir haben noch sieben Minuten. Wir müssen rein. Kommt mit!", befahl Ulla.

Es blieb keine Zeit, großartig Deckung zu nehmen. Deshalb rannten sie ohne Schutz auf die Scheune zu.

Starck versuchte, durch die Ritze zwischen den Brettern etwas zu erkennen. „Ich sehe nichts", flüsterte er.

Ulla versuchte, die Tür zu öffnen. „Abgeschlossen."

„Geh zu Seite!", forderte Karlchen.

Er ging drei Schritte zurück, um dann die ganze Wucht seines massigen Körpers gegen die Tür zu werfen. Unter ohrenbetäubendem Lärm krachte Berger mitsamt der Tür auf den Boden der Scheune.

Ulla und Starck sprangen mit gezogenen Waffen über ihn.

„Hier ist nichts", stellte Ulla überrascht fest. „Die haben uns an der Nase herumgeführt."

Leyendecker war zum Auto gerannt und über die Westumgehung zum Ort des Geschehens gerast. Der Countdown war inzwischen abgelaufen, und er erwartete jeden Moment, die Detonation eines Sprengkörpers zu hören. Er spürte die Druckwelle fast körperlich.

Er war erleichtert, als er ankam und lediglich die aufgebrochene Tür sah. Er rannte zur Scheune hin.

„Fehlalarm", sagte Ulla, als sie ihn sah. „Die haben uns verarscht."

Trotz der Erleichterung, die er verspürte, alle vier wohlbehalten anzutreffen, stieg doch heftiger Ärger in ihm auf. „Wir haben eine Aufzeichnung gesehen. Die Uhrzeit ist ja leicht zu manipulieren. Die sind längst über alle Berge. Wir haben verloren."

Plötzlich vernahmen sie ein leises Geräusch.

Berger deutete in Richtung einer Plane, die in einer Ecke lag.

Ulla richtete ihre Pistole dorthin. „Sieh nach!"

Karlchen schlug die Plane zu Seite. „Es ist Westermann. Der liegt schon länger hier. Aber er lebt."

Westermann sah jämmerlich aus. Karlchen löste ihm Fesseln und Knebel.

Westermann wollte etwas sagen, aber Berger verstand nicht. Er beugte sich zu ihm herab.

„Wasser", war ganz leise zu hören.

„Lauf mal zum Wagen, und hol was zu trinken", bat er Starck.

„Wir brauchen einen Krankenwagen und den Notarzt", sagte Ulla ins Telefon.

„Einer von euch fährt mit und lässt den Kerl nicht aus den Augen!", befahl Leyendecker.

„Warum haben sie ihn hier zurückgelassen und uns hierher geführt?", fragte Ulla. „Warum haben sie ihn nicht einfach getötet?"

„Sie haben erfahren, was sie wollten", erwiderte Leyendecker. „Es ging ihnen nie ums Töten. Die beiden Morde waren nur Mittel zum Zweck. Jana Klein hat das ganze Theater hier nur abgezogen, weil sie ihn uns ans Messer liefern wollte."

„Das hier wird man nicht gegen ihn verwenden können", gab Ulla zu bedenken.

„Das nicht. Aber es wird Grund genug sein, tiefer zu graben. Er wird ins Gefängnis kommen. Man wird ihm die Pension entziehen und ihn auf Schadensersatz verklagen. Er wird ein armer Mann sein, wenn er wieder draußen ist. Das reicht aus Jana Kleins Sicht aus. Lass uns hier abhauen. Wir haben hier nichts mehr verloren. Die Spurensicherung wird sich hier alles ansehen, aber nützen wird das nichts."

„Ich habe uns eine Flasche Wein geöffnet", sagte Ulla und stellte ein Glas Gianti vor Leyendecker auf den Tisch und setzte sich in den Sessel gegenüber. „Immer noch sauer?"

Leyendecker breitete hilflos die Arme aus. „Wenn ich ehrlich bin, ja, ich bin noch angefressen. Wer verliert schon gern? Mir geht laufend im Kopf herum, was wir hätten anders machen sollen. Wir haben uns von Anfang an zu sehr auf Westermann fixiert. Vielleicht hätten wir doch stärker in Erwägung ziehen sollen, dass er neben seiner Frau das Ziel sein sollte. Er wird sicher seiner gerechten Strafe zugeführt werden. Ich glaube ja, dass das alles nicht so gekommen wäre, wenn man damals nicht weggesehen hätte. Fehler machen wir alle. Aber dieser Kerl hat mit Vorsatz jungen Menschen geschadet, um sich schamlos zu bereichern.

Was ist damals im Jugendhilfeausschuss vorgefallen? Mit Sicherheit hat man etwas gewusst, oder zumindest geahnt. Aber man hat den scheinbar bequemeren Weg der Pensionierung gewählt. Und alle haben geschwiegen.

Manchmal ist es doch besser, wenn es jemand gibt, *der der Katz die Schell anhängt*, wie man hier bei uns zu sagen pflegt."

Zwei Wochen später

Leyendecker kam in Ullas Zimmer. „Ich habe soeben erfahren, dass man Cornel und Ion Gunnesch festgenommen hat. Sie waren so leichtsinnig und sind bei ihrer Muter in Stabil aufgetaucht. Ein Junge, der im Rollstuhl sitzt, soll die Polizei verständigt haben."

„Eine erfreuliche Mitteilung. Ich hoffe, das lässt dich etwas weniger an der Gerechtigkeit zweifeln,"

„Ich habe nicht an der Gerechtigkeit gezweifelt. Ich glaube, ich bin nur ein schlechter Verlierer."

„Erhält dieser Junge jetzt die ausgelobte Belohnung?"

„Ich weiß nicht. Siggi würde das gewiss zur Verzweiflung bringen. Da war er so dicht davor. Er wird sicher wieder sagen, dass ich ihm das vermasselt hätte. Ich glaube, ich werde die beiden doch einmal aufsuchen und einen Kasten Bier mitbringen. Schließlich haben sie uns tatsächlich geholfen."

„Hat man eine Spur von Jana Klein?"

„Keine Spur. Sie ist und bleibt verschwunden. Selbst wenn die beiden Brüder etwas wissen, die werden wohl dichthalten.

Eigentlich mache ich mir keine allzu großen Gedanken um sie. Die Welt ist so klein geworden. Irgendwann, in nicht allzu ferner Zukunft, wird es an ihrer Haustür läuten. Dann werden dort Uniformierte stehen, die eine Sprache sprechen, die sie nur notdürftig versteht. Ein Mann wird auf sie zukommen, der sich als Zielfahnder der Bundesrepublik Deutschland zu erkennen gibt. Er wird ihr vorschlagen, freiwillig mit nach Deutschland zu kommen, um der Auslieferungshaft in diesem fremden Land zu entgehen. Sie wird dieses Angebot annehmen. Vielleicht ist sie sogar erleichtert. Wenn sie dann nach fünfzehn Jahren aus dem Gefängnis kommt, wird sie immer noch einen großen Teil ihres Lebens vor sich haben, den sie dann hoffentlich einigermaßen zufrieden verbringen kann."

„So wird es wohl kommen", bestätigte Ulla. „Hatten die Brüder Geld dabei?"

„Sie hatten umgerechnet etwa fünfzigtausend Euro in verschiedenen Währungen dabei. Vermutlich nur ein Bruchteil des Geldes von Westermann."

„Da hast du recht. Vor eineinhalb Jahren waren es etwa 3,2 Millionen."

Leyendecker schaute sie erstaunt an. „Woher weißt du das so genau?"

Ulla deutete auf einen Stapel Unterlagen auf ihrem Schreibtisch. „Da ist ein Auszug dabei. Das ist heute mit der Post gekommen.

Karin Westermann hatte ein Testament gemacht und ihre Mutter als Alleinerbin eingesetzt. Sie unterhielt noch ein Konto bei einer Bank in ihrem Heimatort. Viel Geld war dort nicht. Aber als sich die Mutter die Auszüge angesehen hat, hat sie festgestellt, dass Kosten für ein Bankschließfach abgebucht wurden.

Sie hat es öffnen lassen, und das war da drin. Das ist die Absicherung, von der ihre Tochter damals gesprochen hat. Es sind Kopien, aber auch Originalunterlagen, aus denen der perfide Plan Westermanns lückenlos hervorgeht. Es war alles haargenau so, wie es Jana Klein uns dargestellt hat.

Bereits seit den Neunzigern war es große Mode bei den Jugendämtern, schwer erziehbare Jugendliche im Ausland unterzubringen.

Das hat er sich das zunutze gemacht. Er suchte sich obskure Menschen in Rumänien, er verstand die Sprache ja, zu denen der die Jugendlichen schaffen ließ. Natürlich hatten diese Leute keinerlei Qualifikation. Es waren eher Gauner. Die einzige Voraussetzung war, dass sie relativ einsam wohnten.

Auch fand keinerlei Betreuung statt. Sämtliche Gutachten und Rechnungen wurden von ihm gefälscht. Da er ja selbst die Zahlungen anwies, konnte das alles nicht entdeckt werden.

Seine spätere Frau hatte aber doch etwas gemerkt. Vermutlich hat er sich bei einem Schäferstündchen verquatscht. Die hat nachgeforscht und ihn quasi erpresst, was dazu führte, dass er sie geheiratet hat. Danach hat sie munter mitgemacht.

Schließlich wurde die Sache aber doch zu mulmig, da sich die Beschwerden häuften. Daher auch die Diskussionen im Jugendhilfeausschuss.

Den Rest kennen wir ja. Es muss der Mutter sehr schwer gefallen sein, die Sachen nicht einfach zu vernichten, denn schließlich wird darin auch ihre Tochter beschuldigt. Sie hat mir die Unterlagen zur freien Verfügung überlassen. Jedenfalls sind das genügend Beweise gegen Westermann. Diese Unterlagen werden dazu beitragen, dass die Öffentlichkeit in einem Gerichtsverfahren ausführlich über die perfiden Machenschaften dieses Herrn informiert wird, damit so etwas nie wieder passieren kann."

„Falls man die nicht aus irgendwelchen obskuren Gründen ausschließt, beispielsweise zum Schutz der betroffenen Jugendlichen."

„Dem könnte man doch entgegentreten, indem man der Presse einige Dokumente zuspielt. Ich wette, du wüsstest da jemand."

„Das wäre doch ein Dienstvergehen", erklärte er entrüstet. „So etwas würden wir doch nie tun."